KB260237

BESTSELLERWORLDBOOK 53

사랑의 문법

이반 부닌 지음 / 류필하 옮김

소담출판사

"아름다운 세상,
아름다운 이야기는 먼 곳에 있지 않습니다."

THE SELECTED WORKS OF IVAN BUNIN

Ivan Bunin

'여자는 우리의 이상적인 몽상을 지배하기 때문에
우리는 여자를 미치도록 사랑한다.
허세를 선택하지만 진실한 사랑은 선택하지 않는다.
아름다운 여자는 두 번째 위치를 정한다.
첫 번째는 사랑스런 여자의 차지다.
이런 여자는 우리 마음에서 성모가 되고, 우리는
우리 스스로 그녀에 대해 판단하기 전에 우리의
열정적인 심장은 영원한 사랑의 포로가 된다.'

차례

[부닌]

1. 본문내 인명과 지명 표기는 가능한 한 러시아 어 발음 규칙에 따랐다.

   러시아 인의 이름에 관하여, 러시아 인의 정식 이름은 이름＋부(父)칭＋성으로 이루어진다.

   예) 이반 알렉세예비치→이반(이름)＋알렉세예비치(부칭 ; 즉, 아버지의 이름이 알렉세이임을 뜻한다.)＋부닌(성)

   ㄱ. 이반 알렉세예비치 부닌 – 공식석상에서의 호칭.

   ㄴ. 이반 알렉세예비치 – 예를 갖춘 표현(선생님 등 예를 갖추어야 할 격이 있는 사이).

   ㄷ. 이반 부닌 – 일반적 호칭(신문, 잡지 등).

   ㄹ. 부닌 – 눈앞에 있는 사람을 이렇게 부르는 것은 대단한 실례. 제3자를 칭할 때. 이미 알고 있는 친근한 사이일 때는 부칭이나 성을 빼고 이름만 부른다.

   ㄱ. 이반 – 일반적으로 이렇게 부르지 않는다.

   ㄴ. 바냐(이반의 애칭) – 친근한 사이일 때.

   ㄷ. 반까(바냐의 애칭) – 아주 친근한 관계(가족, 연인, 부부 사이에서).

   ㄹ. 어렸을 때부터 불리던 별명으로도 부를 수 있다.(가족, 어릴 적 친구.)

   이렇게 러시아 인들의 이름은 생활 속에서, 그리고 작품 속에서 등장인물을 칭할 때 다양한 형태를 취한다. 결국 누구를 어떻게 부르느냐에 따라, 작가와 작중 인물 혹은 작중 인물 상호간의 관계가 드러나는 것이다.

가벼운 숨결

촉촉한 점토질로 다져진 무덤 위에 참나무로 만든 매끌매끌한 새 십자가가 서 있다.

4월의 습한 날들, 헐벗은 나무들 사이로 멀리 넓은 현립 묘지의 묘비들이 보이고, 차가운 바람이 십자가에 걸린 도자기 화관 사이로 울리고 울린다.

바로 그 십자가에 박힌 커다란 도자기 메달, 그 메달 속에는 기쁨에 반짝이는 초롱초롱한 눈망울의 여고생 사진이 들어 있다.

그녀는 올랴 메세르스까야.

갈색 고등학교 교복을 입은 여학생들의 무리 속에서 그녀

. . .
가벼운 숨결

는 결코 특별하지 않았다. 그밖에 그녀에 대해 이야기할 수 있는 것이라곤, 그녀는 귀엽고 부유한 행복한 소녀들 중 하나였다는 것과 재능이 있었지만 장난을 좋아해 담임 여교사가 주는 훈시에는 무사 태평했다는 것쯤일까? 그 후로 그녀는 꽃피기 시작해 매일매일이 아니라 매시간 자라났다. 그녀가 열네 살이 되었을 때, 그녀는 가는 허리에 날씬한 다리, 그리고 벌써 가슴도 봉긋이 솟아올라 그 매력적인 모습을 표현하기엔 인간의 언어가 부족할 지경이었다. 열다섯 살이 되었을 때 이미 그녀는 미인이라는 평판을 얻었다. 그녀의 몇몇 친구들은 자신을 가꾸기에 얼마나 오랫동안 머리 손질을 하고, 얼마나 깔끔을 떨며, 얼마나 자신의 행동을 절제했던가. 그런데 그녀는 아무것도 개의치 않았다. 손가락에 묻은 잉크 얼룩도 얼굴에 묻은 물감 자국도 헝클어진 머리칼도 달리기 할 때 드러나는 무릎도……. 그녀의 고교 시절 마지막 2년, 그녀는 특별히 자신을 가꾸려고 노력하지 않아도 온통 교내의 주목을 받게 되었다. 우아함, 외모, 빈틈 없음, 눈동자의 반짝임……, 무도회에서 그 누구도 올랴 메세르스까야처럼 춤추지 못했고, 달리기에서 그 누구도 그녀처럼 달리지 못했으며, 무도회에서 그 누구도 그녀만큼 남학생들의 인기를 얻지 못했다. 그리고 왠지 저학년생들의 사랑도 그녀를 따를 수 없었다. 어느 새 그녀는 숙녀가 되었고, 교내에서의 그녀의 명성도 공고해졌다. 이제는 그녀도 바람기가 생겨, 추종자 없이는 살 수 없으며, 그녀를 미친 듯 사랑하는 고교

생 셴쉰을 자신도 사랑하는 척하곤 그를 배신해 그가 자살을
기도했다는 소문조차 나돌게 되었다.

　그녀의 마지막 겨울, 교내에서는 올랴 메세르스까야가 쾌
활함으로 완전히 미쳐 버렸다는 말들을 했었다. 눈이 많아
환하고 추웠던 그 해 겨울, 변함 없이 청명하게 빛나는 날씨,
누그러질 줄 모르는 추위와 사보르나야 거리의 산책, 시립
공원의 스케이트장, 장밋빛 저녁놀, 음악, 그리고 사방으로 미
끄러지는 스케이트장의 군중, 그 속에서 가장 행복해 보이는
올랴 메세르스까야, 이 모든 것을 내일도 변함 없이 약속하는
태양은 학교 운동장의 눈 쌓인 소나무 뒤로 빨리도 저물어
갔다. 그러던 어느 날 쉬는 시간, 강당을 따라 그녀 뒤를 쫓
는 학생들과 즐거워 꽥꽥 소리를 지르는 1학년 여학생들 사
이를 그녀가 돌풍처럼 뛰어다니고 있을 때, 올랴는 교장 선
생님의 부름을 받았다. 그녀는 뜀박질을 멈추고, 단 한번의 깊
은 숨을 내쉬고는, 빠르고 여자다운 손놀림으로 머리 모양을
손질하고, 옷매무새를 단정히 하고는 눈을 반짝이며 위층으
로 뛰어올라갔다. 젊어 보이려 애쓰는 백발의 교장 선생님은
황제의 초상화 아래 뜨게질감을 들고 조용히 앉아 있었다.

　"안녕하세요, 마드무아젤 메세르스까야."

　그녀는 뜨게질감에서 눈을 떼지 않은 채 불어로 말했다.

　"유감스럽게도 학생의 행동거지에 대해 얘기하려고 학생
을 이리로 부르려 했던 게 한두 번이 아니에요."

　"말씀하세요, 교장 선생님."

가벼운 숨결

메세르스까야는 자신을 또록또록하고 생기 있게 하는 얼굴에 어떤 표정도 드러내지 않은 채, 그녀를 응시하며 탁자 가까이로 다가가 대답했다. 그리고 단지 그녀만이 할 수 있는 가볍고 우아한 몸짓으로 의자에 앉았다.

"난 유감스럽게도 학생이 내 말을 잘 듣지 않을 것이라는 걸 확신하고 있어요."

교장 선생님이 말했다. 그리고 뜨게코를 잡아당기고, 메세르스까야가 호기심어린 눈으로 바라보고 있던 실꾸러미를 니스 칠한 바닥에 내려놓고는 눈을 들었다.

"나는 같은 말을 반복하지도 않을 것이고, 길게 얘기하지도 않겠어요."

그녀가 말했다.

메세르스까야에게는 추운 날 반짝이는 난로의 온기와 탁자 위에 놓인 은방울꽃의 신선함을 호흡할 수 있는 깨끗하고 커다란 이 교장실이 무척 마음에 들었다. 그녀는 화려한 홀 중앙에 전신상으로 그려진 젊은 황제와 단정하게 웨이브를 넣은 교장 선생님의 고른 우윳빛 가리마를 번갈아보며 훈시를 기다리고 있었다.

"학생은 이제 어린 소녀가 아니에요."

은근히 화를 내기 시작하며 교장 선생님은 여러 가지 의미를 부여하는 말을 했다.

"네, 교장 선생님."

간단하게, 명랑한 말투로 메세르스까야가 대답했다.

· · ·

부닌

"하지만 성숙한 여인도 아니지요."

더욱더 여러 가지 의미를 부여하며 교장 선생님이 말했고, 그녀의 윤기 없는 얼굴이 살짝 붉어졌다.

"제일 먼저, 머리 모양이 그게 뭐예요? 그건 어른들이나 하는 머리 모양이잖아요!"

"제 머릿결이 고와서 이렇게 되는 건 교장 선생님, 제 탓이 아닙니다."

메세르스까야는 그렇게 대답했고, 하마터면 두 손으로 자신의 아름답게 빗은 머리칼을 만질 뻔했다.

"아, 그러니까 학생은 잘못한 게 없다는 거죠!"

교장 선생님이 말했다.

"학생의 머리 모양에도 죄가 없고, 그 비싼 머리핀에도 죄가 없고, 20루블짜리 구두를 사느라 부모님을 괴롭힌 것에도 죄가 없다는 거죠! 하지만, 반복하겠는데, 학생은, 학생이 단지 여고생의 신분임을 망각하고 있어요."

그런데 갑자기 메세르스까야는 침착하고 정중하게 그녀의 말에 끼여들었다.

"죄송합니다만, 교장 선생님. 교장 선생님께서는 실수하고 계세요! 저는 소녀가 아니라 성숙한 여인이에요. 그리고 이 일에 대해선 누구에게 책임이 있는지 아시나요? 아빠의 친구이자 이웃이고, 교장 선생님의 남동생인 알렉세이 미하일로비치 말류찐이에요. 이 일은 지난 여름 시골에서 일어났죠."

그런데 이 대화가 있고 난 지 한 달 후, 올랴 메세르스까야

. . .
가벼운 숨결

와는 전혀 다른 환경의 못생기고 하찮은 모습의 까자끄 장교
가 역 플랫폼에서, 열차로 막 도착한 수많은 군중들이 보는
앞에 올랴 메세르스까야를 총으로 살해했다. 올랴 메세르스
까야의 놀라운 고백이 확증된 것이었다. 장교는 법정 조사에
서 밝히기를, 메세르스까야가 자신을 유혹했고, 그들은 매우
가까운 사이였으며, 그녀는 자신의 아내가 될 것을 맹세했으
나 역에서 살인이 일어나던 그 날, 그녀는 노보체르까스끄로
그를 배웅해 주며 갑자기 자신에게 말하기를, 그녀는 자신을
사랑한 적이 없으며 결혼에 관한 모든 말들도 생각해 본 적
이 없다고, 그렇게 자신을 조롱하고는 자신에게 읽어 보라며
말류찐에 관해 쓴 일기의 한 페이지를 보여 주었다고 했다.

"나는 그녀가 내가 읽는 것을 마치기를 기다리며 어슬렁거
리고 있던 바로 그 플랫폼에서 이 글을 읽자마자 그녀를 쏘
았습니다."

장교가 일기를 펼쳐 보이며 말했다.

"일기는 바로 이것입니다. 보세요, 이건 여기 써 있는 대
로 작년 7월 10일에 쓰여진 것입니다."

일기는 다음과 같은 내용이었다.

'지금은 밤 두시. 나는 깊이 잠들었지만, 바로 잠을 깼다.
오늘 나는 여인이 되었다! 여인…….

아침에 아빠, 엄마 그리고 똘랴는 도시로 떠났고 나 혼자
남게 되었다. 나는 혼자라는 사실에 너무나 행복했다. 아침
에는 정원과 들을 산책했고, 숲속에도 가 보았다. 마치 세상

에 나 혼자만이 존재하는 듯했고, 그래서 나는 지금껏 한 번
도 생각해 보지 못한 좋은 생각들을 할 수 있었다. 나는 혼자
점심을 먹었고, 한 시간 내내 음악 속에 있었을 때도 누구도
나를 방해하지 않았다. 나는 음악을 들으며, 나는 영원히 행
복하게 살 것이고, 누구도 나처럼 그렇게 아름답게 살지 못
할 것이라는 생각을 했다. 얼마 후 나는 아빠 서재에서 행복
에 젖어 잠들었고, 4시경에 까쨔가 나를 깨웠다. 알렉세이
미하일로비치 씨가 오셨다고 했다. 나는 기쁘게 그를 맞았
고, 그와 함께 있는 것이 매우 좋았다. 그가 타고 온 뱌뜨까
산 말들은 매우 아름다웠고, 현관 근처에 내내 서 있었다. 그
때 비가 내렸다. 그래서 그는 곧 돌아갈 수가 없었다. 그는
아빠를 만나지 못한 것을 매우 안타까워하며, 저녁까지는 비
가 멈춰야 할 텐데라는 말을 되풀이했다. 그리고는 곧 유쾌
한 표정을 지으며 내게 기사처럼 행동했고, 오래 전부터 내
게 반했었다는 농담을 여러 번 했다. 빗줄기가 사라졌고, 그
래서 우리는 차가 준비되는 동안 정원을 산책했다. 비록 추
웠지만 온통 젖은 잔디 위엔 햇빛이 부끄럽게 반짝이고 있었
다. 그런데 갑자기 그는 내게 팔짱을 끼게 하고는 자신을 마
르가리따와 함께 있는 파우스트라고 말했다. 그는 56살의
나이에도 불구하고 언제나 세련된 옷을 입고 다녔다. 그러나
그 때는 왠지 그가 입고 온 검은 망토가 마음에 들지 않았다.
그에게선 영국제 오데콜로뉴 향내가 풍겼다. 우리는 차를 마
시며 베란다에 앉아 있었다. 나는 피곤함을 느꼈고 그래서

· · ·
가벼운 숨결

등받이 의자에 누웠다. 그는 담배를 피워 물고는 내 옆으로
다가와 부드러운 말들을 하기 시작했다. 나는 기분이 이상해
지는 것을 느꼈지만 모른 척하고 누워 있었다. 그런데 그는
갑자기 내 손을 잡고 입맞추기 시작했다. 나는 실크 스카프
로 얼굴을 가렸지만 그는 몇 번이나 스카프를 통해 내 입술
에 입맞추었다…….

어떻게 내게 그런 일이 일어날 수 있었는지 이해할 수가
없다. 내가 미친 걸까. 나는 내가 이렇게 형편없는 여자일 거
라고는 한 번도 상상해 본 적이 없다! 지금 내게는 한 가지
출구밖에 없다. ……나는 그에게 혐오감을 느낀다. 나는 그
를 증오한다. 나는 내 이 비극을 견뎌 낼 수 없을 것 같다.'

이 사월의 날들에 도시는 깨끗하고, 건조해져서, 돌들이
도시를 하얗게 만들어 도시를 따라 걷는 것이 가볍고 유쾌하
기만 하다. 매주 일요일 아침 예배 후, 도시의 입구 쪽으로
난 사보르나야 거리를 따라 검은 옷에 검은 염소 가죽 장갑
을 끼고, 검은 나무로 만든 우산을 받쳐 든 자그마한 여인이
걸어간다. 그녀는 길을 따라 여러 개의 대장간이 있고, 들의
공기가 신선하게 불어오는 더러운 광장을 지나, 황량한 들판
의 빛바랜 남자 수도원과 초라한 마을 사이를 걷는다. 수도
원 담장 밑 웅덩이 사이를 빠져 나와 왼쪽으로 돌면, 성모 묘
지라고 쓰여진 대문 아래로 하얀 담장이 둘러쳐진 커다랗고
낮은 정원 같은 것이 보인다. 자그마한 부인은 작은 동작으
로 성호를 긋고, 익숙해진 발걸음으로 큰 오솔길을 따라 걷

는다. 참나무 십자가와 마주한 벤치에 이르러 그녀는 바람 속에, 봄의 한기 속에 한 시간이고 두 시간이고 그녀의 얇은 장화 속 발과 가죽 장갑 속의 손이 완전히 얼 때까지 앉아 있는다. 달콤하게 노래하는 봄 새소리를 들으며, 도자기 화관 속으로 바람이 울리는 소리를 들으며 그녀는 가끔씩 눈앞에 아른거리는 저 윤기 없는 화관만 없어져 준다면 자신의 삶의 절반을 내줄 수도 있겠다고 생각한다. 이 화관, 이 무덤, 참나무 십자가! 이것들 아래 누구의 눈동자가 십자가에 박힌 돌출된 도자기 메달로부터 이렇게 영원히 빛날 수 있을까? 이렇게 청순한 눈동자와 올랴 메세르스까야와 관계된 무서운 일을 연결시킨다는 것이 어떻게 가능하단 말인가? 하지만 영혼 깊은 곳에서는 이 자그마한 여인도 어떤 한 가지 생각에 무섭도록 몰두하는 사람들이 흔히 그렇듯 그렇게 행복했다.

이 여인은 올랴 메세르스까야의 담임 여교사였다. 오랫동안 현실의 삶을 대신한 허구의 세계에서 살아 온 젊지 않은 아가씨. 처음 그녀의 이러한 허구의 세계는 자신의 남동생 때문이었다. 가난하고 무엇으로도 뛰어날 것 없는 소위 보좌관. 그녀는 자신의 온 영혼을 남동생과 그리고 왠지 빛나 보였던 그의 미래와 연결시켰다. 그 남동생이 무끄덴 근교에서 죽었을 때, 그녀는 스스로를 위로했다. 자신은 이상적인 근로자이기에 현실에서 일해야 한다고. 그러나 올랴 메세르스까야의 죽음은 그녀를 새로운 공상으로 사로잡았다. 그리하여 지금은 올랴 메세르스까야가 그녀의 집요한 생각과 감정의 대상이 되었다. 그녀는 휴일마다 올랴의 무덤으로 와 몇 시간이고 참나무 십자가에서 눈을 떼지 않고, 관 속의 꽃들 사이에 누워 있던 올랴 메세르스까야의 창백한 얼굴과 그리고 언젠가 우연히 엿들었던 그녀의 말을 회상하곤 했다.

언젠가 긴 휴식 시간, 학교 운동장을 산책하던 올랴 메세르스까야는 자신의 사랑하는 친구인 뚱뚱하고 키 큰 수보찌나에게 빠르게, 아주 빠르게 이야기했었다.

"나 있지, 아빠 책들 중에서, 우리 아빠한테는 이상하고 우스운 책들이 많걸랑. 그 책에서 여인에게는 어떤 아름다움이 있어야 하는지에 대해 읽었어…… 거기엔, 있잖아, 얼마나 많은 게 적혀 있는지 넌 다 기억하지도 못할 거야. 그러니까, 제일 먼저 당연히, 검은 칠흑같이 빛나는 눈동자. 에이, 몰라, 그렇게 써 있었어. 칠. 흑. 같. 이. 빛. 나. 는! 그리고 밤처럼 빛나는 속눈썹, 부드러운 장난기 서린 붉은 빛 감도는 얼굴, 큰 젖가슴, 그리고 정확하게 동그랗게 알이 잡힌 종아리, 조갯빛 무릎, 경사진 어깨, 난 이 많은 걸 다 외웠어. 어때, 전부 맞는 말 같지! 그런데 가장 중요한 건 뭔지 알아? 그건 가벼운 숨결이야! 그런데 자 봐, 내겐 가벼운 숨결이 있어. 잘 들어 봐, 내가 어떻게 숨쉬는지……. 거봐, 정말이지?"

지금 이 가벼운 숨결은 온세상에, 이 구름 낀 하늘에, 이 차가운 봄바람 속에서 다시 한 번 산산이 흩어졌다.

깨끗한 월요일

모스크바의 회색빛 겨울, 가로등 속 가스가 타올라 상점의 창문들을 따뜻하게 비춰 주는 빛을 시작으로 오늘도 하루 해가 저물어 간다. 이렇게 낮의 바쁜 일상에서 해방된 모스크바 저녁의 삶은 타오르기 시작했다. 점점 더 자주 그리고 경쾌하게 마부들이 썰매를 끌었고, 점점 더 무겁게 손님을 꽉 채운 전차가 가라앉아 갔다. 전차들의 녹색 불빛의 희미한 어둠 속에서 쉭쉭거리는 소음 속을 손님들이 걸어나오고 있었다. 생기가 넘치는 거뭇거뭇해 보이는 행인들은 눈 쌓인 길을 따라 희미하게 서둘러 사라졌다. 매일 밤 이 시간이면 어김없이 내 마부는 질질 늘어지는 준마에 나를 싣고 '붉은

문' 거리로부터 구세주 성당으로 마차를 끌었다. 그녀는 그 성당 맞은편에 살고 있었다. 매일 저녁 나는 식사를 하기 위해 그녀를 '프라하'로 '에르미따쉬'로 '메뜨로 폴'로 데리고 다녔고, 식사 후엔 극장으로, 음악회로 그리고 거기서는 '야르'로 '스뜨렐나'로……, 이 모든 것이 어떻게 끝날는지 나는 알지 못했고, 또한 깊이 생각하지 않으려 애썼다. 그녀와 이것에 대해 이야기하는 것 또한 아무 소용 없는 짓이었다. 그녀는 언젠가 딱 한번 우리의 미래에 대한 것으로 대화를 끌어갔을 뿐이었다. 그녀는 내게 있어 수수께끼 같은 알 수 없는 존재였으며, 우리의 관계는 이상한 것이었다. 우리는 아직 그렇게 가까운 사이가 아니었고, 항상 끝없이 괴로운 기대 속에서 어떤 예감할 수 없는 팽팽한 긴장감이 나를 사로잡고 있어서, 그녀와 함께 보내는 모든 시간이 행복하다고는 말할 수 없었다.

그녀는 무엇 때문인지 학원에 다니고 있었고, 드물게 강의에 얼굴을 내밀었지만 그래도 꾸준히 나오기는 했다. 나는 그녀에게 물어 보았다.

"왜?"

그녀는 어깨를 으쓱해 보이며 말했다.

"그러면 세상에서 일어나는 일들은 모두 다 왜 그런 거죠? 과연 우리는 어떤 것이든 우리들이 하는 행동에 대해 모두 다 이해하고 있는 것일까요? 그런 이유말고도 나는 역사에 관심이 있어요."

그녀는 혼자 살고 있었다. 홀로 된 그녀의 아버지는 유명한 상인 계급 출신으로 뜨베리에서 조용히 살고 있었고, 그래도 상인이었기에 무엇인가를 모았다. 구세주 성당을 마주하고 있는 아파트에, 모스크바를 바라보는 전망이 좋다는 이유로 그녀는 5층에 있는 각진 곳을 얻었다. 그 곳에는 방이 두 개밖에 없었음에도 말이다. 그러나 그곳은 넓고, 잘 정돈된 집이었다. 첫번째 방에는 넓은 터키식 소파가 많은 자리를 차지하고 있었고, 그녀가 마치 몽유병같이 느린 월광 소나타의 시작 부분——단 한소절——을 익힌 값비싼 피아노가 놓여 있었다. 그리고 피아노 위 거울 앞의 꽃병 속에는 예쁜 꽃들이 피어 있었다. 물론 그것은 내가 매주 주문해 그녀에게 보내준 싱싱한 꽃들이었다. 그리고 다시 토요일, 내가 그녀에게로 왔을 때 그녀는 맨발인 똘스또이의 초상화를 벽에 걸어 놓고 소파 위에 누워 내가 입맞출 수 있도록 천천히 손을 내밀며 홀리듯 말했다.

"꽃을 보내 줘서 고마워요."

나는 그녀에게 초콜릿과 새로운 책들을 가져갔다——호프만스탈, 쉬니쩰레르, 떼뜨마이에르, 쁘쉬비쉐프스끼——그러면 또 그 '고마워요'와 함께 내민 따뜻한 손을 받았고, 가끔씩 외투를 벗지 말고 소파에 앉으라는 명령을 받기도 했다.

"왠지 이해할 수 없어요."

그녀는 생각에 잠겨 내 비바털로 된 옷깃을 바라보며 말했다.

. . .
깨끗한 월요일

“하지만 누군가 밖에서 방 안으로 들어올 때 동반하는 겨울 냄새보다 더 좋은 건 세상에 없는 것 같아요.”

그녀에게는 아무것도 필요 없는 듯했다. 꽃들도 책들도 교외에서 하는 식사도……. 그녀가 꽃을 좋아했고, 내가 그녀에게 가져가는 모든 책들을 다 읽었고, 초콜릿 한 통을 하루에 다 먹어치웠고, 식사 때마다 나보다 적지 않은 양을 먹었음에도 말이다. 그녀는 생선을 넣은 속이 터진 만두를 좋아했고, 스메따나(우유를 발효시켜 만든 요구르트 류의 음료. 역주)에 넣어 오래 조린 꿩요리를 좋아했지만 가끔 이렇게 말했다.

“모르겠어요. 모든 사람들은 평생 동안 점심 저녁을 먹고도 어떻게 질리지 않는지.”

하지만 그녀 스스로도 모스크바식으로 하면 ‘일’이 되는 점심도 먹고, 저녁도 먹었다. 그녀는 단지 옷에만 사치를 했다. 벨벳, 실크, 고가의 모피…….

우리는 둘 다 부유하고, 건강하고, 젊었으며, 외모가 번듯했으므로 레스토랑이나 음악회에서 사람들의 시선을 끌었다. 나는 뺀쟁스까야 현 출신이었기에 남쪽의 뜨거운 매력을 지니고 있었다. 어느 날 엄청나게 뚱뚱하고 대식가인 유명하고 똑똑한 배우에게서 ‘예의없게 잘생겼다.’라는 말을 들었을 정도였다. 그는 졸리운 듯한 목소리로 ‘당신이 누구인지는 악마가 알겠군요. 시실리아 인 같기도 하고.’라고 말했다. 내 성격은 남쪽의 기질을 닮아 언제나 생기 있고, 언제나 행복한 웃음이나 선의의 농담에 대응할 준비가 되어 있었다. 그리고 그녀의 아름다움은 인도적이고, 페르시아적이었다. 까무잡잡하고 노르스름한 얼굴, 멋지고 불길한 징조마저 엿보이는 숱 많고 검은 머리칼, 가볍게 반짝이는 흑담비 모피 같은 눈썹, 벨벳 조각 같은 검은 눈동자, 그리고 매혹적인 붉은 융단 같은 입술로 입은 도전적인 매력으로 돋보였다. 그녀는 자주 석룻빛 융단 원피스를 입었고, 금단추가 달린 그런 석룻빛 융단 구두를 즐겨 신었다. 그러나 학원을 나갈 때만은 그녀는 검소한 수강생 차림으로 다녔고, 아침은 아르바뜨에 있는 30코페이카짜리 채식주의자 식당에서 먹었다. 그리고 나는 어느 정도 수다스럽고, 단순한 명랑함을 갖고 있는 데 반해 그녀는 거의 말이 없었다. 항상 무언가에 대해 생각했고, 마치 무언가를 사상적으로 탐구하는 것 같았다. 그리고 손에 책을 들고 소파에 누워 책을 자주 내려뜨리고는 의문에 찬 눈으로 막연히 앞을 응시하기도 했다. 내가 이 광경을 보게 된 것은 한낮이었고, 그녀는 낮 3-4시까지는 한 달 내내 한 번도 집 밖을 나가지 않았다. 그녀는 나를 소파 근처 안락의자에 앉아 입 다물고 책을 읽게 하고는 누워서 책을 읽었다.

"당신은 정말 끔찍하리만치 말이 많고, 잠시도 가만히 있질 못하는군요."

그녀는 말했다.

제발 이 장만 끝까지 다 읽게 해 줘요……

"만약 내가 말이 많지 않고 잠시도 가만히 있지 못하는 성
격이 아니었다면, 난 당신을 만나지 못했을 거요."

나는 그녀에게 우리의 첫만남을 상기시키며 말했다.

12월의 어느 날, 나는 안드레이 벨르이의 강의가 있었던
예술가 모임에 참석해 무대 위를 뛰어다니며 춤추며 그렇게
빙빙 돌고 크게 소리내어 웃고 있었다. 그러다 우연히 나는
그녀 옆에 앉게 되었고, 처음에는 의문에 찬 눈길로 바라보
던 그녀도 마침내 소리내어 웃기 시작했다. 그 즉시 나는 그
녀에게 유쾌하게 말을 걸었었다. 그게 바로 우리의 첫만남이
었다.

"그래요, 맞아요." 그녀는 이야기했다.

"그건 그렇지만 지금은 조금만 더 침묵해 주세요. 아니면
무엇이든 읽든지 담배를 피우든지……."

"나는 가만히 입 다물고 있을 수가 없소! 우리가 이렇게
다르다면 당신, 애써 당신을 향한 내 사랑을 당신 마음에 그
리는 일을 하지 말아요! 날 사랑하지 말아요!"

"할 거예요. 그리고 내 사랑에 관한 일이라면 당신이 잘
아시잖아요. 이 세상에 당신과 아버지 외엔 내게 아무도 없
다는 걸. 그리고 어떤 경우에라도 당신은 내게 있어 처음이
자 마지막이에요. 당신에겐 이것으로 부족한가요? 됐어요.
이것에 대해선 충분해요. 당신 앞에서 책읽는 것이 불가능하
다면 그럼 차를 마셔요……."

나는 일어서서 소파 앞에 있는 탁자 위 전기주전자에 물을

올리고, 머릿속에서 생각나는 대로 말하며 식기대에서 찻잔과 접시 등을 꺼냈다.

"당신 '빛나는 천사'는 끝까지 다 읽었소?"

"끝까지 살펴보기만 했어요. 그런 과장된 글은 읽기가 민망해요."

"그럼 어제 샬랴삔의 음악회에서는 왜 갑자기 나왔소?"

"그의 대담성은 정도를 벗어난 것이었어요. 그리고 노란 머리의 러시아 인을 전 좋아하지 않아요."

"모든 게 다 당신 마음에 들지 않았던 게로구먼!"

"그래요, 많은 것들이……."

'이상한 사랑이야.' 나는 생각했다. 그리고 물이 끓는 동안 창문 밖을 바라보았다. 방 안에는 꽃향기가 피어났고, 그녀 또한 그 향기들과 하나가 되었다.

한쪽 창문 너머로는 멀리 강 건너편에 눈 덮인 회색의 모스크바가 거대한 그림처럼 펼쳐졌고, 다른 쪽 창으로는 왼쪽으로 끄레믈의 일부가 보였으며, 그것과 마주 해서 주위를 날고 있는 갈가마귀들로 인해 얼룩진, 푸른빛 도는 금색 지붕을 이고 있는 어마어마한 구세주 성당 건물이 하얗게 보였다. '이상한 도시야!' 나는 아호뜨느이 랴드, 이베르스까야, 성 바실리 성당을 생각하며 스스로에게 말했다. '성 바실리, 이탈리아풍의 성당, 그리고 끼르기스풍의 끄레믈 벽에 붙은 종탑의 날카로운 끝…….'

해질 무렵 나는 가끔씩 그녀에게 아스뜨라한에 살았던 할머니의 유품이었던 실크로 된 아시아풍의 짧은 실내복만을 입은 채 소파 위에 누워 있도록 하곤 했다. 희미한 어둠 속에 불도 켜지 않은 채 나는 그녀 옆에 앉아 입맞추곤 했다. 그녀의 손과 발 그리고 놀랍도록 매끈거리는 몸에……. 그럴 때마다 그녀는 내내 침묵한 채 전혀 거부의 뜻을 비추지 않았다. 나는 매번 그녀의 뜨거운 입술을 찾았다. 그녀는 이제 거칠게 숨쉬며 그러나 여전히 침묵한 채 입술을 내게 맡겼다. 그리고 내가 더 이상 나 자신을 억제할 수 없음을 그녀가 느꼈을 때, 그녀는 나를 밀치고 앉아 낮은 목소리로 불을 켤 것을 부탁하고는 침실로 들어가 버렸다. 나는 불을 켜고 피아노 옆에 있는 회전의자에 앉았다. 그리고 천천히 뜨거운 마취 상태로부터 깨어나 이성을 되찾았다. 얼마 후 그녀는 외출복을 차려입고, 마치 아무 일도 없었던 것처럼 평온하고 깨끗한 얼굴로 침실에서 나왔다.

"어디로 갈까? '메뜨로 폴'로 가 볼까?"

그러고는 다시 저녁 내내 우리는 무엇이든 다른 이야기를 하며 시간을 보냈다. 우리의 이 가까워짐 후에 내가 결혼에 대한 이야기를 꺼냈을 때 그녀는 내게 말했다.

"아니에요. 저는 당신의 아내감이 아니에요. 안 어울려요. 못 해요."

그녀의 말이 나를 실망시킬 수는 없었다. 나는 시간이 흐르면 자연 그녀의 생각이 변할 것이라고 확신했다. 그리고 더 이상 결혼에 대한 이야기를 꺼내지 않았다. 우리의 완전

하지 못한 가까워짐은 가끔씩 내게 참을 수 없는 것으로 느
껴졌다. 가끔씩 나는 자신에게 시간에 대한 희망 외에 내게
남겨진 것이 무엇인가에 대해 묻곤 했다. 어느 날 나는 저녁
의 어둠과 정적 속에서 그녀 옆에 앉아 머리를 움켜쥐었다.
　“아니야, 이건 내 힘 밖의 일이야! 무엇 때문에, 왜, 이렇
게 잔인하게 나와 스스로를 괴롭혀야 한단 말이오!”
　그녀는 잠시 말이 없었다.
　“그래, 어쩌면 이런 건 사랑이 아닐 거야. 사랑이 아니야
…….”
　“그럴지도 모르죠. 누가 알겠어요, 사랑이 무엇인지?”
　그녀는 어둠 속에서 평온하게 말했다.
　“내가, 내가 아오!”
　나는 소리쳤다.
　“그리고 당신이 사랑이 무엇인지, 행복이 무엇인지를 알
게 될 때까지 기다리겠소!”
　“행복, 행복…….　우리의 행복, 친구, 몽상 속의 대상처
럼 잡아당겨 보면 끌려오지만 끌어 내보면 아무것도 없어
라.”
　“무슨 말이오?”
　“이건 플라톤이 삐에르에게 한 말이에요.”
　나는 손을 내저었다.
　“아, 성현의 가르침이라니……, 될 대로 되라지!”
　그리고는 또다시 저녁 내내 다른 것에 대해서만 이야기했

깨끗한 월요일

다. 예술 극장의 새 연극에 대해, 안드레예프의 단편에 대해
……. 그리고 또다시 나를 만족시키는 건 매끌거리는 모피
코트를 입은 그녀를 안고, 그녀와 나란히 나르듯 굴러가는
썰매 안에 보기 좋게 앉아 있는 것이었다. 다음으로는 '아이
다'의 행진곡에 맞춰 사람들이 많은 레스토랑의 홀 안으로
들어가 그녀와 먹고 마시며 바로 한 시간 전에 내가 키스했
던 그 입술을 바라보며 그녀의 느릿한 목소리를 듣는 것이었
다. 그 입술을 바라보며, 그 입술 밑에 입을, 석룻빛 벨벳 원
피스를, 그리고 경사진 어깨와 계란형 가슴을 바라보며 자극
적인 그녀의 머리칼 냄새를 가볍게 맡으며 '모스크바, 아스
뜨라한, 페르시아, 인디아!'를 생각하며 나는 환희에 찬 감
사함으로 스스로에게 말했다. '그래, 키스했어.' 교외에 있는
레스토랑에서 저녁 식사가 끝나 갈 무렵, 주위가 소란해지고
담배 연기가 차 오르면 그녀 또한 담배를 피웠고, 취해서는
가끔씩 내게 따로 떨어진 방으로 가서 집시들을 부를 것을
부탁했다. 그러면 그들은 일부러 떠들썩하고 건들거리며 들
어왔다. 그들은 들어오자마자 합창을 시작했다. 어깨너머로
하늘색 리본을 둘러맨 늙은 집시가 레이스가 달린 헐렁한 윗
도리 차림에 익사자의 얼굴 같은 회색빛 얼굴로 기타를 쳤
다. 그의 뒤에서 낮은 이마와 머리 위에 땋은 머리를 올린 여
자 집시가 노래를 불렀다. 그녀는 괴롭고 이상한 웃음을 띤
채 노래를 들었다……. 밤 서너시쯤에 그녀를 집까지 배웅
해 주고 현관에서 젖은 그녀의 모피 외투 깃에 입맞추고 환

희에 찬 절망 속에 붉은문 거리로 돌아왔다. 그리고 내일도 모레도 또 모든 것이 이렇게 될 것이다. 나는 생각했다. '이 고통과 이 행복…… 그러면 어떤가.' 여하튼 이것은 행복이다. 커다란 행복!

그렇게 1월이 지나고 2월이 지나가고 부활절 전 7주간의 대제가 다가왔고, 지나갔다. 대금식일, 그녀는 내게 저녁 5시에 오라고 했다. 나는 그녀에게로 향했고, 그녀는 이미 검은 고급 양피 코트에 역시 검은 양피 모자에 질좋은 검은 펠트 부츠를 신고 나를 맞았다.

"온통 검은색이로군!"

나는 언제나처럼 명랑하게 들어서며 말했다.

그녀의 눈은 부드럽고 잔잔했다.

"내일이 벌써 깨끗한 월요일(대정진 중의 제1월요일. 역주)이잖아요."

그녀는 고급 양피 머프(가죽을 동그랗게 말아 손을 따뜻하게 하는 여성용구. 역주)에서 손을 꺼내 검은 염소 가죽으로 만든 장갑 낀 손을 내게 내밀며 말했다.

"내 삶의 주인이신 신이시여……. 노보제비치 사원에 가 보지 않겠어요?"

나는 놀랐지만 서둘러 대답했다.

"좋아요!"

"어찌 된 일인지 온 세상이 선술집처럼 어수선해요. 선술집."

그녀는 덧붙여 말했다.

"그리고 어제 아침에 라고스끼 묘지에 갔었어요."

나는 더더욱 놀랐다.

"묘지에? 뭐 하러? 그건 유명한 분리파 신자(17세기 교회 의식의 로마식 개혁을 받아들이지 않은 러시아 구교도 집단. 역주)의 묘지잖소?"

"그래요. 분리파 신자 묘지예요. 모두 뾰뜨르 대제 이전의 러시아 얘기죠! 대주교의 장례식이 있었어요. 한번 생각해 보세요. 관은 참나무로 만든 그냥 나무통이고, 옛날처럼 금색 무늬 있는 비단은 마치 철조망을 친 듯하고, 고인의 얼굴은 굵은 검은색 체크 무늬가 있는 하얀 바탕의 성찬 덮개로 덮고, 아름답고도 무시무시했어요. 그리고 세 개의 촛불과 부채를 든 보제……."

"그런데 당신은 어떻게 성부와 성자와 성신을 상징하는 세 개의 촛불이나 부채 같은 것에 대해 알게 되었소?"

"이건 바로 당신이 절 모르셔서 하는 말씀이세요."

"난 당신이 그렇게 종교적인 줄은 몰랐소."

"이건 종교적인 것이 아니에요. 나도 잘 모르겠어요……. 하지만 전, 말하자면 당신이 절 레스토랑으로 끌고 다니지 않을 때면 자주 아침마다, 혹은 저녁마다 끄레믈에 있는 성당을 다녀요. 당신은 이런 것에 대해 상상조차 못 하셨겠지만요……. 그건 그렇고 그 보제들은 또 얼마나 훌륭한지! 마치 성인이 된 뻬레스베뜨와 오슬랴바 같아요! 2단으로 된

찬양대석에 두 개의 합창단이 있는데 그들도 모두 뻬레스베
뜨처럼 생겼어요. 모두들 키가 크고, 힘차고, 길고 검은 까
프딴(옷자락이 긴 농민 외투. 역주)을 입고 노래를 부르는데
서로서로 주고받듯 불러요. 그러니까 한 합창곡이 먼저 나가
면, 다른 사람들이 받고, 그리고 이 합창은 음표에 따라 불러
지는 게 아니라 '음보'에 따라 불러져요. 그리고 무덤의 내
부는 반짝이는 전나무 가지로 되어 있는데, 뜰에는 추위, 태
양, 눈이 반짝이고……. 아, 당신은 이해하지 못하실 거예
요! 가요……."

　저녁은 나뭇가지의 잔설과 함께 평화롭게 햇빛 속에 빛나
고 있었다. 사원의 선홍색 벽돌담 위에서 나방을 닮은 갈가
마귀들이 정적 속에 수다를 떨고 있었고, 종은 섬세하고 우
울한 소리로 18세기풍의 조곡을 연주했다. 적막함 속에 뽀
드득 소리를 내며 우리는 문으로 들어가 눈덮인 좁은 길을
따라 묘지로 향했다. 해는 방금 저문 터라 주위는 환했고, 금
빛 유약을 칠한 듯한 노을을 배경삼아 잔설이 쌓인 잔가지들
이 산호처럼 회색의 절묘한 광경을 연출해 냈고, 무덤들 위
를 산란하게 비추는 꺼지지 않는 램프의 작은 불빛이 고요하
고 은은하게 우리의 주위를 은밀히 밝혀 주고 있었다. 나는
눈 위에 그녀의 새 검은 부츠가 남기는 별 같은 발자국을 감
동어린 눈으로 바라보며 그녀 뒤를 따랐다. 그것을 느낀 그
녀는 갑자기 뒤를 돌아보았다.

　"당신은 정말로 절 사랑하시는군요!"

깨끗한 월요일

그녀는 머리를 숙이곤 조용한 당혹감 속에 말했다.

우리는 에르쩰과 체호프의 무덤에 잠시 서 있었다. 늘어뜨려진 머프를 손으로 잡고 그녀는 오랫동안 체호프 무덤의 비석을 바라보았고, 그리고는 어깨를 으쓱해 보였다.

"달콤한 러시아 스타일과 예술 극장의 얼마나 끔찍한 혼합물인가요!"

날이 어두워지기 시작했고, 추워졌으므로 우리는 마부 뾰뜨르가 지키고 있는 마차를 타기 위해 문 밖으로 천천히 걸어 나왔다.

"좀더 가요." 그녀가 말했다.

"그 다음 예고로프로 마지막 블린(러시아 전통 음식으로 일종의 얇은 팬케이크. 역주)을 먹으러 가요. 너무 급하지 않게 말이에요, 그렇지 뾰뜨르?"

"그럼은입쇼."

"아르딘까 어딘가에 그리보예도프가 살았던 집이 있대요. 우리 찾아보러 가요……."

그리고 우리는 무엇 때문에서인지 아르딘까로 향했고, 모르는 길들을 따라 오래도록 걸었으며, 그리보예도프 거리에도 갔다. 거리에 행인은 그림자도 보이지 않았고, 벌써 오래 전에 어두워졌으며 나무에 쌓인 잔설들 사이로 창문의 불빛이 장밋빛으로 빛났다.

"거기에 또 마리포-마린스까야 수도원이 있어요."

그녀가 말했다.

나는 웃기 시작했다.

"또다시 수도원으로 가자고?"

"아니오, 그냥……."

아호뜨느이 랴뜨에 있는 예고로프 식당의 아래층은, 버터와 스메따나가 발린 블린을 여러 겹으로 쌓아 놓고 자르고 있는, 털이 무성한 모피' 코트로 두껍게 옷을 입은 마부들로 가득 차 있었고, 마치 목욕탕처럼 김으로 가득 차 있었다. 위층의 방들도 따뜻했고 낮은 천장 아래에서는 상인들이 옛날 방식대로 불처럼 뜨거운 블린에 알맹이가 큰 고급 연어알을 발라 얼음처럼 차가운 샴페인과 함께 먹고 있었다. 우리는 구석의 칠판 앞에 성상이 걸려 있는 두 번째 방으로 들어갔다. 방에는 램프가 타고 있었고, 우리는 긴 탁자 앞에 놓인 검은 가죽 소파 위에 앉았다. 그녀의 윗입술 가장자리 솜털은 추위에 얼어 있었고, 노르스름한 볼은 장밋빛을 띠고 있었으며 알 수 없는 어둠은 그녀의 눈동자와 합쳐졌다. 나는 그녀의 얼굴로부터 환희에 찬 눈동자를 거두지 못하고 있었다. 그녀는 더워진 머프에서 손수건을 꺼내며 말했다.

"좋아요! 아래층에는 거친 사내들이 앉아 있는데, 여기는 샴페인을 곁들인 블린에 세 개의 손을 한 성모상이 있으니. 세 개의 손! 그건 인도, 동양이잖아요! 동양과 서양의 조합이라구요. 당신은 귀족이죠. 그래서 아마 당신은 모스크바의 이 모든 것들을 이해하진 못할 거예요."

"알 수 있소, 알 수 있다구!" 나는 대답했다.

- - -
깨끗한 월요일

"그럼 강한 식사를 주문하지."

"'강한'이라니요?"

"강하다는 뜻이지. 당신이 어떻게 그걸 모를 수가 있소? '레체 규르기…….'"

"정말 멋져요! 규르기!"

"그렇소. 유리 돌고루끼 대공(모스크바 공국을 만든 대공. 러시아 역사에서 처음으로 모스크바를 러시아 중심에 부상하게 했음. 역주), 레체 규르기가 스비또슬라프에 있는 세베르스끼 대공에게 보내는 글에 이렇게 썼지. '내게로 오라 형제여! 모스크바로. 여기서 강한 식사를 듦세나.'"

"정말 멋져요. 그런데 지금은 북쪽에 있는 몇 개의 수도원들에만 그 러시아 어가 남아 있어요. 그들이 얼마나 훌륭하게 성가를 부르는지 당신은 상상도 못 하실 거예요. 추도브이 수도원은 더 낫구요. 작년에는 사순절 5주 내내 그 곳엘 다녔어요. 아, 얼마나 좋았는지! 어디나 풀밭이 있고, 공기는 봄공기처럼 부드럽게, 영혼은 또 그렇게 부드럽게 가라앉고 무언가 조국의 옛날 같은 느낌이에요……. 사원의 문은 모두 열려 있고, 하루 종일 순박한 주민들이 드나들고, 하루 종일 예배가 있고……. 아, 저는 어디든 제일 깊은 수도원이 있는 볼고다(러시아 북부에 있는 도시. 역주)나, 뱌뜨까(까쟌 북쪽에 있는 도시. 역주)로 떠날 거예요!"

그러면 나는 따라 떠나거나, 나를 사할린으로 쫓아 버리도록 누구든 죽여 버리겠다고 말하고 싶었으나 흥분으로 인해 말을 잃고 담배를 피우기 시작했다. 그 때 흰 바지에 흰 셔츠 그리고 허리엔 검붉은 색의 허리띠를 맨 급사가 다가와 공손하게 말했다.

"실례지만 손님, 여기선 담배를 피울 수가 없습니다."

그러고는 즉시 아첨을 떨며 빠르게 말하기 시작했다.

"블린에 곁들여 무얼 주문하시겠습니까? 집에서 만든 약주는 어떨까요? 생선알과 연어도 있구요. 생선 수프를 주문하시려면 아주 좋은 스페인산 백포도주가 있고, 대구를 주문하실 경우엔……."

"대구에도 스페인산 백포도주가 좋죠."

그녀가 천진한 수다로 나를 기쁘게 하며 덧붙였다. 그리고 나는 이제 그녀가 계속해서 말하는 것을 산만하게 듣고 있었다. 그런데 그녀는 계속해서 눈에 야릇한 빛을 띤 채 이야기했다.

"전 러시아 연대기와 옛날 이야기를 무척 좋아해요. 그래서 특히 내 마음에 드는 것들을 다 외우기 위해서 지금까지도 읽고 있구요. '러시아 땅에 무롬이라는 이름의 도시가 있었더라. 바로 그 곳은 빠벨이라는 이름의 정교를 믿는 대공이 통치를 하고 있었는데, 하루는 하늘을 나는 음란한 뱀을 그의 아내에게 보냈다네. 그 뱀은 그녀에게 너무도 아름다운 인간의 모습을 하고 나타났는데…….'"

나는 장난으로 겁에 질린 모습을 해 보였다.

"아, 무서워라!"

그녀는 듣지 않은 채 계속했다.

"이렇게 신이 그녀를 시험했던 거예요. '그리하여 그녀에게 죽음의 시간이 임박했을 때, 그 대공과 대공의 부인은 같은 날 죽을 수 있도록 기도했다네. 그리고 동시에 순결한 수의를 입고…….'"

그리고 다시 나의 산만한 놀라움은 이제 불안으로 바뀌었다. 도대체 오늘 그녀는 왜 이러는 걸까?

그리하여 그 날 저녁 내가 그녀를 집에 배웅해 주었을 때는 여느 때보다 늦은 시각이었다. 그때는 11시였고, 그녀는 현관에서 나와 헤어지며 내가 막 썰매에 앉았을 때 갑자기 나를 붙잡았다.

"기다리세요. 내일 저녁 10시 전에 제게로 와 주세요. 내일은 예술 극장에서 연극 뒤풀이가 있어요."

"뭐라구요?" 나는 물었다.

"당신 그 뒤풀이에 가기를 원하는 거요?"

"네."

"하지만 당신은 그 뒤풀이보다 더 저속한 것은 세상에 없다고 말하지 않았소!"

"지금은 잘 모르겠어요. 하지만 어쨌든 가고 싶어요."

나는 생각에 잠겨 고개를 흔들었다. '온통 변덕스러운 일뿐이로군! 모스크바의 변덕이라니!' 그런 생각을 머리에 흘려 보내며 나는 유쾌하게 대답했다.

"좋소!"

　다음 날 저녁 10시, 나는 엘리베이터를 타고 올라와 내 열쇠로 그녀의 문을 열었고, 어두운 현관으로부터 바로 들어가지는 않았다. 집은 온통 불이 켜져 있어 매우 밝고 환했다. 샹들리에, 거울 양쪽에 달린 장식등, 소파 머리맡 뒤의 키 큰 램프 등 모든 전구에 불이 들어와 있었다. 그리고 피아노에서는 월광 소나타의 시작이 울리고 있었다. 점점 소리가 높아질수록 점점 더 듣는 것이 괴로워졌고, 꿈의 환상을 보는 듯한 우울을 불러일으켰다. 나는 현관 문을 두드리기 시작했고, 원피스의 사각거리는 소리가 들려 왔다. 내가 문을 열고 안으로 들어섰을 때, 그녀는 잠시 피아노 옆에서 포즈를 취하고 서 있었다. 그녀는 자신의 날씬한 허리를 돋보이게 하는 검은 벨벳 원피스 차림이었다. 그리고 까무잡잡하고 노르스름하게 드러난 어깨, 팔, 부드럽고 풍만한 가슴, 가볍게 화장한 볼 옆으로 반짝이는 다이아몬드 귀고리, 석탄같이 검은 벨벳 눈동자, 진홍색 벨벳 같은 입술, 관자놀이 위로는 검은 눈 쪽으로 반원형을 그리며 구부러진 윤기 나는 땋은머리, 이 땋은머리는 그녀에게 유치한 그림에 나오는 동양 미녀의 모습을 더해 주었다.

　"만약 제가 가수였다면 무대에서 이렇게 노래했을 거예요."

　그녀는 황당해하는 내 얼굴을 바라보며 말했다.

　"그러면 박수 갈채에 환영하는 미소로 답하고 가벼운 목례를 오른쪽 왼쪽으로 그리고 위로 정면으로, 그리고는 스스

· · ·

로도 눈치채지 못하게, 하지만 섬세하게 치맛자락을 밟지
않으려고 살짝살짝 치맛자락을 밀어 내며 걸었을 거예요
……."

　뒤풀이에서 그녀는 내내 담배를 피우며 훌쩍거렸고 힘찬
환호 소리와 파리적인 냄새를 풍기는 결장단을 덧붙이며 배
우들을 살폈다. 특히 흰머리에 검은 눈썹의 덩치 큰 스타니
슬라브스끼와 그리고 코안경을 긴 나무통 같은 얼굴의 마스
크빈을 주의깊게 바라보았다. 둘은 꾸며 낸 신중함과 열정을
바탕으로 뒤로 나자빠지며 대중들의 폭소 속에 슬픈 캉캉을
만들어 냈다. 그리고 우리들 쪽으로 취한 얼굴에 이마까지
하얀 머리카락이 헝클진 스타니슬라브스끼가 손에 술잔을 들
고 다가와 탐욕스런 눈으로 그녀를 바라보며 연극 대사를 하
듯 말했다.

　"황녀, 샤마한스까야 황녀여, 당신의 건강을 위해!"

　그녀는 천천히 미소 지으며 그와 술잔을 마주쳤다. 그는
그녀의 손을 잡았으나 취한 나머지 그녀에게로 쓰러질 뻔했
다. 이를 꽉 문 그는 주위를 살펴보곤 나를 주시했다.

　"이 미남은 또 뭐야? 이런 미남은 증오해!"

　그 후, 그녀는 목쉰 소리를 내기 시작했고, 휘파람을 불어
댔다. 또한 요란한 소리를 내며 깡충깡충 뛰면서 발을 굴러
폴카를 추기 시작했다. 그러자 어딘가로부터 헐떡이며 웃는
술레르지쯔끼가 우리에게로 미끄러지듯 달려와 신사처럼 정
중하게 허리를 굽혀 빠르게 중얼거렸다.

"폴카로 초대해도 되겠습니까……."

그러자 그녀는 미소를 지으며 일어섰고, 민첩하고 짧게 발을 옮겼고, 그 때마다 귀고리와 드러난 팔과 어깨를 반짝이며 그와 함께 탁자들 사이를 걸어갔다. 시선이 몰렸고 박수갈채를 받았으며 그와 동시에 머리를 쳐든 그는 음정도 맞지 않게 소리쳤다.

"가자, 빨리 가자. 너와 함께 폴카를 추리라!"

새벽 세시경에 그녀는 눈을 감고 일어섰다. 외투를 입으면서 그녀는 나의 비바 모피로 된 모자 깃을 만지며 이상한 말투로 중얼거리더니 입구로 향했다.

"당신은 미남이죠. 스타니슬라브스끼는 사실을 말했어요 ……. '너무나 아름다운 사람의 모습을 한 뱀…….'"

마차를 타고 가는 동안 그녀는 몰아치는 눈보라와 환한 달빛으로부터 얼굴을 돌리고는 말없이 앉아 있었다. 만월은 끄레믈 위의 구름 속으로 사라졌다.

"마치 반짝이는 두개골 같아요."

그녀가 말했다.

스파스까야 탑의 시계가 세시를 알렸다. 그녀가 다시 말했다.

"어떤 옛날의 소리 같아요. 뭔가 양철 같기도 하고, 주철 같기도 한……. 15세기의 새벽 세시에도 아마 바로 저런 소리를 냈을 거예요. 그리고 플로렌시아에서도, 그 곳에서 제게 모스크바를 회상시켰던 바로 그 전투가 있었을 거예요

깨끗한 월요일

……."

뾰뜨르가 아파트 앞에 썰매를 멈추었을 때 그녀는 생기 없이 말했다.

"그를 보내세요."

그녀는 한 번도 밤에 내가 자신의 아파트에 올라가는 것을 허락하지 않았으므로 놀란 나는 정신없이 말했다.

"뾰뜨르, 나는 걸어서 가겠네."

그리고 우리는 말없이 엘리베이터를 타고 위로 끌려 올라갔으며, 가열기 소리가 뚝뚝 나는 아파트의 밤의 온기와 고요함 속으로 들어갔다. 나는 눈으로 축축해진 그녀의 모피 코트를 벗겨 주었고, 그녀는 머리에서 폭신폭신한 숄을 벗어 내 손으로 던져 놓고는 실크 치마를 사각거리며 침실로 들어갔다. 나는 옷을 벗고, 첫번째 방으로 들어가 벼랑 위에 선 것처럼 감각을 잃어버린 가슴을 하고 터키식 소파 위에 앉았다. 불빛이 비치는 침실의 열려진 문 뒤로 그녀의 발소리가 들렸고, 머리핀 뽑는 소리, 머리 뒤로 원피스를 끌어 내리는 소리……. 나는 일어나 문 쪽으로 다가갔다. 그녀는 백조 같은 구두만을 신은 채 알몸으로 등을 돌리고 거울 앞에 서서 거북이등으로 만든 빗으로 긴 검은 옆머리를 빗고 있었다.

"저는 항상 그것에 대해 많이 생각하지 않는다고 말했었죠."

그녀는 빗을 거울 밑 탁자 위에 놓고 머리칼을 등뒤로 넘기고 나를 향해 몸을 돌렸다.

"아니에요. 전 생각했어요."

새벽에 나는 그녀의 움직임을 느꼈다. 눈을 떴다. 그녀는 똑바로 나를 바라보고 있었다. 나는 그녀의 몸으로부터 몸을 일으켰다. 그녀는 조용히 말하며 내게로 몸을 숙였다.

"오늘 밤 저는 뜨베리로 떠나요. 얼마가 걸릴지는 신밖에 몰라요."

그리고는 자신의 볼을 내 볼에 댔다. 나는 그녀의 젖은 속눈썹이 깜박이는 것을 느꼈다.

"도착하는 대로 편지할게요. 미래에 대해 모두 쓸게요. 용서하세요. 그리고 지금은 절 혼자 있게 해 주세요. 전 매우 지쳤어요."

그리고는 베개 위에 누웠다.

나는 조심스레 옷을 입고 수줍어하며 그녀의 머리카락과 발끝에 입맞추고는 벌써 창백한 빛으로 환해진 계단을 걸어 나왔다. 나는 방금 내린 눈 위를 걷기 시작했다. 이제 눈보라는 그쳤고 모든 것이 평온했으며, 멀리까지도 환히 보였고 빵가게에서는 빵냄새가 풍겨 왔다. 나는 이베르스까야에 이르러 노파들과 거지들의 무리 속에서 밟혀진 눈 위에 무릎을 꿇고 앉아 모자를 벗었다. 누군가 내 어깨를 건드렸다. 허름한 차림의 노파가 눈물 고인 눈으로 얼굴을 찡그리며 나를 바라보고 있었다.

"오, 비탄에 젖지 마라. 그렇게 비탄에 젖지 마! 죄악이야, 죄악!"

깨끗한 월요일

그 일이 있은 후 이틀쯤 뒤 나는 짤막한 편지를 받았다. 더 이상 자신을 기다리지 말라는, 찾으려고, 만나려고 애쓰지 말라는 부드럽고 정중한 부탁…….

"모스크바로 돌아가지 않겠어요. 당분간 수련 수녀 수업을 받을 것이고, 삭발례를 하게 될지도 모르겠어요. 신이 당신께 편지하지 않도록 힘을 주시기 바라요. 우리의 고통을 연장시키고 확대시키는 것은 무의미해요."

나는 그녀의 부탁을 들어 주었다. 그리고 오랫동안 가장 지저분한 선술집들을 전전했고, 점점 더 갖가지로 타락하며 술을 마셔 댔다. 그 후 나는 조금 이성을 회복했다. 냉정하고, 희망 없이……. 그 깨끗한 월요일 이후 거의 2년이 흘러갔다.

1914년, 새해 전 그 날처럼 잊을 수 없는 그런 조용하고 햇빛이 비치는 저녁이었다. 나는 집에서 나와 마차를 잡아 타고 끄레믈로 향했다. 거기서 텅 빈 아르한겔스끼 사원에 들러 오랫동안 어둠 속에서 기도하지도 않으면서, 성화 액자의 금과 모스크바 황제들 무덤의 금속판들의 희미한 반짝임을 바라보며 서 있었다. 텅 빈 교회의 이 특별한 정적 속에서, 그 속에서 숨쉬기조차 두려워지는 무언가를 기다리듯 서 있었다. 사원에서 나와 마부에게 아르딘까로 갈 것을 명했다. 그 때처럼 창문으로 불빛이 빛나는 어두운 거리를 따라서, 그리보예도프 거리를 지나면서 나는 내내 속울음을 울었다.

아르딘까에서 나는 마리포－마린스까야 수도원 문 앞에
마차를 멈추었다. 그 곳 마당의 어둠 속에는 희미하게 마차
들이 보였고, 불빛이 비치는 크지 않은 교회의 문은 열려 있
었다. 소녀 합창단의 합창이 감동적으로 들려 왔다. 그 곳으
로 들어가고자 하는 마음이 강하게 일었다. 나는 마차에서
일어나 그 곳으로 향했다.

"안 됩니다, 안 돼요!"

"안 되다니? 교회로 들어가는 게 안 된다는 건가?"

"당연히 되지요, 되지요. 하지만 신의 이름으로 부탁드립
니다. 가지 마세요. 지금 그 곳에는 위대한 공후 부인 엘리자
벳 뻬뜨로브나와 위대한 공후 미뜨리 빨리치께서⋯⋯."

나는 수위에게 1루블을 주었다. 그는 한숨을 내쉬고는 내
게 길을 열어 주었다. 그런데 내가 마당으로 들어서자마자
손에 성화와 교회 깃발을 든 사람들이 눈에 들어 왔다. 그 뒤
로는 긴 흰 옷을 입은 날씬하고, 머리에는 이마에 십자가를
수놓은 하얀 테를 두른 키 큰 공후 부인이 천천히 눈을 내리
깔고 큰 초를 들고 걸어오는 것이 보였다. 그녀 뒤로는 역시
흰 옷 차림으로 노래하는 행렬이 이어졌다. 얼굴 옆으로 촛
불이 빛나는 그들이 수련 수녀들인지, 수녀들인지, 그들이
누구였고 어디로 갔는지 알 수 없었다. 그러나 나는 매우 주
의깊게 그들을 바라보았다. 그리고 중간쯤에 걸어가는 여자
들 중 하나가 갑자기 흰 머릿수건으로 가려진 머리를 들었
고, 손에 초를 든 채, 어둠 속에서 마치 나를 향해서인 듯 애

써 내 쪽을 바라보았다. 어둠 속에서 그녀가 무엇을 볼 수 있
었고, 어떻게 내가 있다는 것을 그녀가 느낄 수 있었겠는가!
나는 돌아섰고, 조용히 문을 나섰다.

사랑의 문법

6월 초순 어느 날, 이블레프는 자기 현(懸) 멀리 경계 지역을 향하고 있었다.

온통 먼지로 뒤덮인 구부러진 덮개의 마차는 그가 여름을 보냈던 영지에서 처남이 준 것이었다. 그리고 작지만 살이 오른 무성한 갈기의 세 마리 말은 시골의 부유한 농부에게서 빌렸다. 그리고 그 말들은 농부의 아들이 몰았다. 그는 18살 정도의 나이로 좀 둔해 보이지만 돈에 밝은 사내였다. 그는 항상 못마땅한 표정으로 무언가를 생각하고 있었으며 농담을 받아들일 줄 몰랐다. 그와 이야기하는 것이 불가능하다는 것을 깨달은 이블레프는 규칙적으로 들리는 말발굽 소리와 작은 방울 소리에 조용히 몰두했다.

그런대로 처음의 여정은 유쾌했다. 따뜻하고 어스름한 날, 잘 닦여진 길과 들판에 이름을 알 수 없는 갖가지 꽃들, 그리고 메밀과 키 작은 회색 호밀들 사이에서 한눈에 담을 수 없을 만큼 하늘로 퍼져 오르는 종달새 무리들, 달콤한 바람이 꽃가루를 날려 곳곳이 연기로 뒤덮인 듯했고, 먼곳은 아예 안개가 자욱한 듯했다. 차양 없는 새 모자에, 모직으로 만든 번들거리는 양복 상의를 입은 사내는 똑바로 앉아 노련한 솜씨로 말을 몰고 있었다. 그런데 갑자기 말들은 재채기를 해대기 시작했고, 이내 속력이 줄어들기 시작했다. 왼쪽 말의 배에 대는 가름대가 시종 바퀴를 긁고 잡아당겨 가름대 밑으로 닳아빠진 쇳조각이 하얗게 빛나고 있었다.

"백작님께 들르실 건가요?"

눈 앞으로 버드나무 가지와 정원으로 경계를 지은 마을이 나타나자, 사내는 고개도 돌리지 않은 채 물었다.

"뭣 하러?"

이블레프가 말했다.

사내는 잠시 침묵하고는 채찍으로 말의 잔등에 붙은 말파리를 쫓으며 침울하게 말했다.

"그냥, 차라도 마시지……."

"네 머릿속에 차 생각이 난 게 아니라, 말을 쉬게 하려고 그러는 거지?" 이블레프가 말했다.

"말은 달리는 건 두려워하지 않습니다요. 하지만 배고픈

것은 두려워하죠."

사내는 교훈적으로 말했다.

이블레프는 주위를 둘러보았다. 날씨는 우중충했다. 금세 사방에서 먹구름이 몰려들자 빗방울이 후두둑 떨어지기 시작했다. 이런 날은 언제나 예정된 비로 끝나는 법이다. 마을 근처의 밭에서 일하던 노인이 집에는 젊은 백작부인밖에 없다고 말했지만 그래도 들러 보기로 했다. 말들이 쉴 수 있다는 것에 만족한 사내는 짧은 외투를 걸치고, 말발굽으로 온통 울퉁불퉁해진 마당 한쪽에 버려진 구유통 옆에 유개마차 위에 앉아 조용히 비에 젖고 있었다. 그는 자신의 장화를 살펴본 다음 채찍손잡이로 왼쪽 말의 엉덩이 띠를 바로잡았다. 이블레프는 우중충한 날씨로 어두워진 거실에 앉아 백작 부인과 이런저런 얘기를 하며 차를 기다리고 있었다. 열린 창문 옆으로 맨발의 처녀가 붉은색으로 빛나는 나뭇조각 다발에 등잔용 석유를 부어 불을 붙이고 있었다. 사모바르에서 녹색 연기가 피어올랐고, 관솔 냄새가 풍겨 왔다. 백작 부인은 넓은 장밋빛 부인용 실내복 차림이었고, 열린 가슴은 하얗게 분칠되어 있었다. 그녀는 허리띠를 깊이 졸라 매었고, 담배를 피우며 자주 어깨까지 통통한 팔을 드러내며 머리 모양을 매만졌다. 허리를 잡고 웃으면서 그녀는 모든 대화를 사랑에 대한 주제로 이끌어 갔으며 그 중에서도, 이블레프도 어릴 적부터 알아 왔던 자신의 이웃 지주 흐보신스끼에 대해 이야기했다. 그는 젊은 나이로 세상을 떠난 자신의 하녀 루쉬까를 사랑해 미쳐 버렸다는 소문이 있었다.

"아, 그 전설적인 루쉬까!"

이블레프는 자신의 인정에 약간 당황해하며 농담조로 아는 체를 했다.

"그러니까, 그 괴짜는 그녀를 신처럼 숭배했고, 평생을 정신 나간 공상으로 그녀를 신성화했다죠. 아마 저도 젊었을 적 그녀에게 사랑에 빠질 뻔했죠. 그녀에 대해 자주 생각하며 상상했거든요. 사람들이 그녀는 아름답지 않다고 했는데도 말이죠."

"그래요."

백작 부인은 듣지도 않은 채 말했다.

"그는 지난 겨울에 죽었어요. 그와 왕래한 유일한 친구인 비싸레프는 그가 미치지 않았다고 하더군요. 전 그 말을 믿어요. 단지 그는 시대에 맞지 않는 사람이었을 뿐이죠."

그 때 맨발의 처녀가 조심스럽게 낡은 은쟁반에 진한 회색 차와 과자가 담긴 바구니를 내왔다.

이블레프가 다시 길을 떠나게 되었을 때, 비는 본격적으로 내리고 있었다. 그래서 말라비틀어진 비가리개를 들어올려 그것을 지붕삼아 등을 구부린 채 앉아 있어야 했다. 천둥이 으르렁거려 말들을 불안하게 했고, 그들의 넓적다리로 반짝이는 빗물이 흘러내렸다. 사내는 밀밭 지름길을 택했고, 바퀴 밑으로 풀들이 사각거리며 밟히는 소리가 들렸다. 따뜻한 호밀 냄새와 낡은 마차의 퀴퀴한 냄새가 뒤섞여 풍겼다.

'그러니까 흐보신스끼가 죽었단 말이지.'

이블레프는 생각했다.

'필히 그 곳에 들러 비밀스런 루쉬까의 버려진 성전이라도 둘러봐야겠군. 그런데 그 흐보신스끼란 사람은 대체 어떤 인물이었을까? 미친 사람일까, 아니면 그저 한곳에 모든 마음을 집중시킬 수 있는 그런 놀랄 만한 영혼을 가진 사람일까?'

흐보신스끼와 동갑내기인 늙은 지주의 말에 따르면, 한때 그는 현에서 보기 드문 신동이라는 평판을 받았다고 했다. 그런데 갑자기 루쉬까가 나타났고, 그리고 그녀의 예기치 않은 죽음——그리곤 모든 것이 먼지 속에 사라져 갔다. 그는 루쉬까가 살았던 그리고 죽어 갔던 그 집, 그 방에 20년 이상이나 그 침대에 앉아 있었다. 그는 아무 데도 나가지 않았을 뿐더러 심지어 자신의 저택을 누구에게도 보여 주지 않았고, 그가 루쉬까의 침대에 앉아 있는 동안 세상에서 일어난 일은 모두 루쉬까의 영향으로 그렇게 된 것이었다. 소나기가 오면 그건 루쉬까가 소나기를 보낸 것이고, 전쟁이 선포되면 그것 또한 루쉬까가 그렇게 결정한 것이고, 흉년이 들면 그건 농민들이 루쉬까의 기분을 상하게 한 것이었다.

"자넨 흐보신스끼 저택으로 가는 건가, 뭔가?"

이블레프가 빗속으로 몸을 내밀며 소리쳤다.

"흐보신스끼 저택으로 갑니다요."

사내는 빗물이 흘러내리는 차양 없는 모자 속에서 소리쳤지만 빗소리에 그의 음성은 흐려졌다.

"비싸레프 저택은 위쪽인데……."

이블레프에게 그 길은 낯선 곳이었다. 주위는 점점 더 황폐해지고 깊어져 갔다. 경계 지역을 넘어서자마자 마차는 웅덩이에 빠지며 낮게 뜬 먹구름 아래 우중충한 몰골을 한 풀밭으로 들어섰다. 그리고는 길이 사라졌다가 다시 나타나고, 그렇게 골짜기 밑바닥과 협곡을 따라 이쪽에서 저쪽으로 오리나무와 버드나무의 키 작은 숲속을 헤쳐 나갔다. 누군가의 작은 양봉장이 보였고, 산비탈 키 큰 잡목들 사이에 붉어진 산딸기를 받치는 몇 개의 받침목이 서 있었다. 쐐기풀 속에서 오래 전에 말라 버린 연못을 돌아 잡초가 사람 키만큼이나 자란 깊은 골짜기를 돌아 나갔다. 한쌍의 검은 도요새가 잡초더미 속에서 비오는 하늘을 향해 비상을 시도하고 있었다. 그리고 깊은 곳 엉겅퀴 풀들 사이로 창백한 장밋빛 작은 꽃들이 커다란 늙은 잡목에서 피어나고 있었다. '신의 나무'라 부르는 사랑스런 어린 나무도 있었다. 돌연 이블레프는 그 장소들을 기억해 냈다. 젊은 시절 말을 타고 자주 오간 그 곳을…….

"사람들이 그러는데, 그녀는 저기서 투신 자살을 했다는 뎁쇼."

갑자기 사내가 말했다.

"자네 호보신스끼 연인에 관한 이야기를 하는 건가, 무슨 애긴가?"

그리곤 단호하게 말했다.

"그건 거짓말이야. 그녀는 자살할 생각조차 없었어."

"아닙니다요. 자살했습니다요."

사내는 확신에 찬 어투로 말했다.

"그리고 말입니다요, 사람들이 말하기를 그는 그러니까 그 여자 때문에 미친 것이 아니라 자신의 가난 때문에 미쳤다고…….."

그리고 잠시 말이 없던 사내는 거칠게 덧붙였다.

"그리고 거기 들러야겠지요. 저기 호보신스끼……. 말들이 얼마나 지쳤는지!"

"그러시게나."

이블레프가 말했다.

언덕으로 향하는 길은 빗물로 온통 미끌거리고 나뭇가지 또한 비에 젖어 휘어지고 구부러져 있었다. 언뜻 신선한 냄새를 풍기는 어린 사시나무들이 숲을 이루고 있는 사이로 초가집 한 채가 눈에 들어 왔다. 주위에는 아무도 없었고, 단지 검은 방울새들만이 빗속의 키 큰 꽃들 위에 앉아 초가집 쪽으로 날아오르며 숲이 떠나가라 울고 있었다. 그런데 마차가 진창 속에 질퍽거리는 소리를 내며 초가집 쪽으로 향하고 있을 때, 갑자기 어디선가 갖가지 빛깔의 어마어마한 개들이 나타나 말 주위를 돌며 짖어 대기 시작했다. 개들은 말들의 얼굴 가까이까지 다가와 짖어 댔고, 마차 위로 금방이라도 뛰어오를 기세였다. 바로 그 때 엄청난 천둥 소리가 울렸고,

화가 난 사내는 개들을 향해 채찍을 휘둘렀다. 놀란 말들은
눈앞에 희번뜩거리는 사시나무 사이를 내달렸다.

　숲 뒤로 호보신스끼의 영지가 나타났다. 개들은 더 이상
따라붙지 않았고, 잠시 마차를 쳐다보고는 뒤쪽으로 달려가
버렸다. 숲은 길을 터 주었고, 앞쪽에 다시 들판이 펼쳐졌
다. 저녁이 되었지만 먹구름은 흩어질 기미가 없었고, 이제
는 아예 세 방향에서 몰려들고 있었다. 왼쪽의 것은 푸르스
름한 미광을 띤 검은 구름이었고, 오른쪽의 것은 쉴 새 없이
천둥 소리를 울리며 회색빛을 띠고 있었다. 그리고 서쪽으로
는 호보신스끼 저택의 물이 흐르는 산비탈 위로 먹구름더미
가 장밋빛을 띠고 있었다. 마차 위로 빗방울 떨어지는 소리
가 뜸해지자, 이블레프는 온통 진흙투성이가 되어 버린 가리
개를 들어올려 뒤쪽으로 걷어 버리고는 들판의 향기로운 습
기를 마음껏 들이마셨다.

　그는 그렇게 여러 번 말로만 들어 왔던 그 저택을 마침내
볼 수 있었으나, 루쉬까가 죽은 일은 20년 전이 아니라 태곳
적 일인 것처럼 막연히 느껴졌다. 평지를 따라 갈대밭 속에
서 개울의 흔적이 사라졌고, 그 위에 하얀 갈매기가 날아올
랐다. 그리고 작은 언덕 위에는 비에 젖은 거무죽죽한 건초
들이 줄지어 누워 있었고, 그 사이에는 띄엄띄엄 늙은 백양
나무가 휘어져 있었다.

　비에 젖은 지붕이 꽤 큰 그의 집은 빛바랜 모습으로, 텅 빈
터에 덩그러니 자리잡고 있었다. 주위에는 정원도 어떤 건물

도 없었으며, 단지 대문이 있는 곳에 두 개의 벽돌 기둥만이 잡초더미 속에 우두커니 서 있었다. 마차가 개울을 건너 언덕으로 올라섰을 때, 남자용 여름 외투를 걸친 여자가 풀밭을 따라 칠면조를 쫓고 있었다. 집은 유난히 단조롭고 지루한 모습이었다. 창문을 비롯한 모든 것이 작았다. 그러나 현관으로 향하는 계단만은 매우 컸다. 그 계단에서 운동용 회색 셔츠를 입은 젊은이가 놀란 눈으로 방문객들을 바라보고 있었다. 창백한 그의 얼굴은 주근깨로 인해 새알처럼 알록달록해 보였으나 검은 눈동자는 매우 아름다워 보였다. 그는 허리에 넓은 가죽 허리띠를 매고 있었다.

이블레프는 자신의 방문에 대해 어떻게든 그에게 설명해야 했다. 현관으로 향하는 계단에 올라 자신의 이름을 밝힌 이블레프는, 백작 부인이 말했던 고인이 남긴 서가를 보고 싶으며 책들을 사게 될지도 모른다고 말했다. 젊은이는 얼굴을 붉히며 즉시 방으로 안내했다.

'이 사람이 바로 루쉬까의 아들이로구나!'

이블레프는 생각했다. 그는 방으로 들어가는 동안 주위의 모든 것을 세세히 둘러보며 나이보다 젊어 보이는 주인을 한 번이라도 더 살펴보기 위해 자주 그를 바라보며 어떻게 이곳에 오게 되었는지를 설명했다. 그럴 때마다 그는 즉시 서두르며 대꾸했지만 수줍음과 책을 팔 수 있다는 기쁨에 말을 더듬었다. 하지만 자신은 그 책들을 절대 싸게 팔지 않을 것임을 상기시켰다. 그리고 자신이 가지고 있는 책들은 어떤 돈을 주고도 살 수 없다고 자신의 조급함을 드러내기도 했다. 그는 습기로 인해 붉어진 짚이 깔려 있는 어두컴컴한 현관을 지나 이블레프를 커다란 방 안으로 안내했다.

"바로 여기서 당신의 부친이 사셨습니까?"

방으로 들어선 이블레프는 모자를 벗어들며 물었다.

젊은이는 얼굴을 붉혔다.

"그러니까 무슨 병에 걸렸었냐고 물으시는 거죠?"

이 말을 할 때 그의 목소리의 톤은 좀더 남자답게 들렸다.

"그건 모두 거짓말이에요. 아버님은 정신적으로 병들지 않았어요. 아버님은 그저 늘 책만 읽고 아무 데도 나가지 않았을 뿐이죠. 그게 전부예요. 저, 그리고 모자를 벗지 마세요. 이 곳은 매우 춥습니다. 우린 이 곳의 반은 쓰지 않거든요."

정말로 이 집은 바깥보다 더 추웠다. 신문을 붙인 현관벽 옆, 먹구름으로 인해 우중충해 보이는 창문턱에 나무로 만든 메추리 새장이 걸려 있었다. 그리고 바닥을 따라 작은 회색 자루가 움직이고 있었다. 젊은이는 그것을 잡아 책상 위로 올려놓았고, 이블레프는 그 속에 메추리가 들어 있음을 알았다. 그 다음 그들은 홀로 들어갔다. 서쪽과 북쪽으로 창문이 나 있는 이 방은 거의 이 집의 반을 차지하고 있었다. 산뜻해진 노을을 배경으로 늙은 울보자작나무가 창문을 통해 눈에 들어 왔다. 앞쪽의 한켠에는 유리 없이 세워진 신단이 있었고, 벽면 가득 성상이 걸려 있었다. 그 중 은으로 장식한 커다란 낡은 성상 하나가 눈에 두드러지게 누워 있었다.

"저, 실례지만……."

이블레프는 부끄러움을 무릅쓰고 묻기 시작했다.

"실례지만, 당신 부친께서……."

"아닙니다. 그건 이렇게 된 거죠."

젊은이는 순간적으로 그의 질문을 이해하고는 중얼거렸다.

"아버님은 이미 어머니께서 돌아가신 후 이 양초를 사셨습니다. 그리고 심지어 약혼 반지조차 늘 끼고 다니셨죠."

홀 안의 가구는 조잡했다. 그러나 칸막이 장 속에는 찻잔과 금테가 둘러진 가늘고 긴 유리잔들로 가득한, 매우 아름다운 피라미드식 식기대가 있었다. 그리고 바닥엔 온통 사각거리는 소리를 내는 바짝 말라 버린 벌들이 떨어져 있었다. 벌들은 텅 빈 거실에도 많았다. 거실을 지나 벽난로에 붙은 침대가 있는 또 하나의 어떤 방을 지나 젊은이는 작은 문 근처에 멈춰 서서는 주머니에서 커다란 열쇠를 꺼냈다. 그는 무어라 중얼거리며 녹슨 열쇠구멍으로 어렵게 그것을 집어넣고 문을 열었다. 이블레프는 방 안으로 들어섰다. 방에는 두 개의 창문이 나 있었고, 한쪽 벽에는 철제 침대가 놓여 있었으며 다른쪽 벽으로는 질 좋은 자작나무로 만든 두 개의 책장이 있었다.

"이게 부친의 서가인가요?"

이블레프는 그것들 중 하나로 다가가며 말했다.

젊은이는 서둘러 대답하고는 그에게 책장문을 여는 것을

도와 주며 탐욕스레 이블레프의 손을 쫓았다.

'이 서가에는 이상한 책들만 있구나!'

이블레프는 그런 생각을 하며 두꺼운 표지를 열고는 꺼칠 꺼칠해진 회색 페이지를 따라 읽기 시작했다.

'저주받은 자연의 경계'……, '아침별과 밤의 악마들'……, '비밀스런 우주에 대한 명상'……, '마술 세계로의 환상적인 여행'……, '신 해몽서'…….

이블레프의 손이 가볍게 떨려 왔다. 이블레프는 그의 외로운 영혼이 이것들 속에서 시간을 보내며, 이 작은 방에서 항상 세계로부터 격리되어 외롭게 살았을 생각을 하자 잠시 격정이 일었다.

'어쩌면 그의 영혼은 정말 미치지 않았었는지도 모른다!'

'실재(實在)가 있다.' 이블레프는 문득 바라뜨인스끼의 시를 기억해 냈다. '실재가 있다. 하지만 어떤 이름으로 불러야 할까? 꿈도 아니고 불면도 아닌 그 사이의 존재. 인간 속에서 이성과 비이성을 가깝게 만드는…….'

문득 태양은 붉은 연보랏빛 구름 뒤로부터 이상스럽게 이 이해할 수 없는 창백한 은신처를 비춰 주었다.

이블레프는 침대 밑에서 작은 의자를 꺼내 책장 앞에 앉았고, 주위를 세심하게 살피며 담배를 꺼내 들었다.

"담배 피우십니까?"

그는 서 있는 젊은이를 올려다보며 물었다.

그러자 그는 또다시 얼굴을 붉혔다.

"피웁니다."

그는 미소 지으려 애쓰며 말했다.

"그러니까 담배를 피운다기보다는 즐기는 편이죠. 한 대 피워도 되겠습니까. 감사합니다."

그리고는 어색하게 담배를 잡고는 떨리는 손으로 담배를 피우고 창 쪽으로 다가가 노을빛에 휩싸여 그 곳에 앉았다.

"그런데 이건 뭡니까?"

이블레프는 기도서를 닮은 매우 작은 책 한 권과 검게 퇴색해 버린 은으로 모서리를 장식한 보석함 하나만이 놓여 있는 중간 칸으로 몸을 숙이며 물었다.

"이건 그저……, 이 보석함 속에 돌아가신 어머님의 목걸이가 들어 있지요." 더듬거리는 말투로 그러나 태연한 척 애쓰며 젊은이가 대답했다.

"봐도 되겠습니까?"

"보세요, 그 목걸인 아주 단순한 거예요. 아마 당신껜 흥미가 없을 겁니다."

보석함을 연 이블레프는 돌 같은 하늘색 구슬들이 달려 있는 해진 끈을 보았다. 이미 이제는 아름다울 수는 없겠지만 그러나 언젠가 누군가의 마음을 들뜨게 했고, 사랑을 받았던 이의 목에 얹혀져 있었을 구슬을 바라보는 이블레프의 마음은 가벼운 흥분에 전율했고, 눈시울이 뜨거워졌다. 오래도록 목걸이를 들여다본 이블레프는 조심스럽게 보석함을 원래의 자리에 얹어 놓았다. 그리고는 책을 집어들었다. 책은 매우 작았으며 거의 백 년 전쯤 만들어진 것이었다. '사랑의 문법 또는 사랑하고, 서로 사랑하는 사이가 되는 법.'

"죄송합니다만 이 책은 팔 수가 없습니다." 젊은이는 힘겹게 이야기했다.

"이건 너무 소중한 것이라서요. 아버님께서는 심지어 주무실 때에도 이 책을 베개 밑에 넣어 두곤 하셨지요."

"그래도 한번 살펴보는 건 허락해 주시겠지요?"

이블레프가 말했다.

"그러십시오."

젊은이가 속삭임으로 말했다.

그의 집중된 시선 속에 난처함을 억누르며 이블레프는 천천히 '사랑의 문법'을 한 장 한 장 살펴보기 시작했다. 그 책은 작은 여러 장들로 나뉘어 있었다.

'아름다움에 대해, 마음에 대해, 이성에 대해, 사랑의 징표들에 대해, 공격과 방어에 대해, 말다툼과 화해에 대해, 플라토닉 러브에 대해.'

매 장들은 짧고 우아한, 매우 섬세한 경구들로 구성되어 있었고, 그들 중 몇몇은 붉은 잉크로 표시되어 있었다.

'사랑은 우리 삶에 있어서 단순한 에피소드가 아니다.'

이블레프는 눈으로 읽어 나가기 시작했다.

'우리의 이성은 느낌에 모순되지만 그것을 설복시키지는 못한다. 여자들은 자신들의 약함으로 무장하고 있을 때가 가장 강하다. 여자는 우리의 이상적인 몽상을 지배하기 때문에 우리는 여자를 미치도록 사랑한다. 허세를 선택하지만 진실한 사랑은 선택하지 않는다. 아름다운 여자는 두 번째 위치를 점한다. 첫번째는 사랑스런 여자의 차지다. 이런 여자는 우리 마음에 성모가 되고, 우리는 우리 스스로 그녀에 대해 판단하기 전에 우리의 열정적인 심장은 영원한 사랑의 포로가 된다.’

그 다음으로는 ‘꽃말에 대한 설명’이 있었다. 그리고 여기도 다시 잉크로 표시된 것이 있었다.

‘야생 양귀비 — 슬픔, 진달래 — 내 마음에 새겨진 너의 매력. 무덤지기꽃 — 달콤한 추억, 제라늄 — 우울, 쑥꽃 — 영원한 비애…….’

그리고 책의 마지막 장, 깨끗한 여백에 가늘고 잔잔하게 바로 그 밝은 잉크로 4행시가 적혀 있었다. 목을 길게 빼고 ‘사랑의 문법’을 들여다보던 젊은이는 비웃음 섞인 목소리로 말했다.

“이건 제 양친이 직접 지은 것이지요.”

얼마 후 이블레프는 가벼운 마음으로 젊은이와 작별 인사를 나누었다. 모든 책들 가운데 이블레프는 단지 이 책 한 권만을 비싼 값을 치르고 샀다. 흐릿한 금빛 노을이 들판 뒤 구름 속에서 풀밭을 비추고 있었고, 들판은 축축하고 싱싱해 보였다. 사내는 서두르지 않았고, 이블레프도 그를 재촉하지 않았다. 사내는 풀밭을 따라 칠면조를 쫓던 여자가 부제(副祭)의 아내이고, 흐보신스끼의 아들은 그녀와 함께 산다고

말했다. 그러나 이블레프는 그의 이야기에 귀를 기울이지 않
았다. 그는 내내 루쉬까와 비슷한 느낌을 불러일으키는 그녀
의 목걸이에 대해 생각했다.

　‘그녀는 내 삶 속에 남아 있으리라!’ 그는 생각했다.

　그리고 주머니에서 ‘사랑의 문법’을 꺼내 노을빛 아래 마
지막 페이지에 쓰여진 시를 천천히 읽기 시작했다.

　　네게 사랑했던 사람들의 가슴이 말해 줄 것이다
　　“달콤한 전설 속에 살아라!”라고
　　그리고 손자들에게, 증손자들에게 보여 줄 것이다
　　이 사랑의 문법을.

부닌

나딸리

1

내가 처음으로 대학생모를 썼던 그 해 여름, 나는 그 시기에만 맛볼 수 있는 젊음의 자유로운 삶이 시작되었음에 행복했다. 나는 시골의 엄격한 귀족 집안에서 자라 왔기 때문에 뜨거운 사랑에 대해 공상만 했을 뿐, 그 어떤 로맨스의 추억도 없었다. 그러므로 고등학교 동기들의 자유 분방한 대화 앞에 얼굴을 붉히곤 해 그들은 얼굴을 찡그리며 말하곤 했다. '메셰르스끼, 넌 수도원으로나 가야겠다!' 하지만 이 여름에 난 이제 얼굴 붉히지 않을 수 있게 되었다. 방학 때 시골집으로 내려온 나는 낭만 없는 사랑을 찾아 나의 순결함을 깨뜨리기로 결심하고, 이 결정과 하늘색 대학모를 자랑하고픈 맘에 나는 사랑의 만남을 찾으러 모든 친지와 지기가 있는 이웃 영지를 찾아다니기 시작했다. 이렇게 해서 나는 자신의 외동딸 쏘냐와 함께 사는 오래 전에 홀로 된 외삼촌 체르까쏘프의 영지로 오게 되었다.

나는 밤늦게 도착했고, 집에서 나를 맞은 건 쏘냐 한 사람뿐이었다. 내가 마차에서 뛰어내려 어두운 현관으로 뛰어들어 갔을 때, 그녀는 그 곳에서 가벼운 잠옷 차림으로 왼손에 촛불을 높이 쳐들고 내가 입맞출 수 있도록 뺨을 내준 후, 그녀 특유의 장난기 섞인 목소리로 고개를 흔들며 말했다.

"아, 언제 어디서나 지각하는 젊은이!"

"하지만 이번엔 정말 내 잘못이 아니야. 젊은이가 아니라 기차가 연착한 거라구."

나는 대답했다.

"조용히 해. 모두들 잔단 말이야. 저녁 내내 기다림과 초조함으로 지칠 대로 지쳐서 마침내 널 포기했어. 아버지는 널 경박한 놈이라고 욕하고, 역에서 새벽 기차까지 기다릴 예프렘을 늙은 멍청이라고 욕하시고는 화를 내시며 주무시러 들어가셨어. 나딸리도 속상해하며 가 버렸고, 시종들도 모두 흩어졌고, 결국 나 혼자만 참을성 있고, 널 믿는 사람이 된 거지……. 자, 옷 벗고 저녁 먹으러 가야지."

나는 그녀의 푸른 눈동자와 어깨까지 드러난 팔을 감상하

· · ·

며 말했다.

"고마워, 사랑스런 친구. 나에 대한 너의 믿음을 확인하게
되어서 지금은 더욱 기분이 좋구나. 넌 몰라볼 정도로 미인
이 되었는걸. 난 너를 진지하게 대하고 싶어. 이 손, 목, 그
리고 얼마나 유혹적인 잠옷이야. 분명히 그 안에는 아무것도
안 입었을 테고!"

그녀는 소리내 웃기 시작했다.

"그래, 거의 아무것도 없어. 그런데 너도 이제 몰라볼 정
도로 어른이 되었는걸. 날카로운 시선, 그리고 비열한 콧수
염……. 그런데 넌 어찌 된 거야? 내가 널 만나지 못한 이
2년 동안 그렇게 수줍음 많던 소년에서 이렇게 재미있는 철
면피로 변했으니 말이야. 그건 그렇고, 바로 내일 아침이면
네가 미칠 정도로 사랑에 빠져 버릴 나딸리만 없다면 우리
할머니들이 늘 말했듯이 우리 사이에 러브스토리가 생겼을
텐데."

"나딸리가 누군데?"

나는 그녀 뒤를 따라 열린 창문으로 여름밤의 따뜻한 어둠
이 싸여 있는 환한 램프가 빛나는 식당으로 들어가며 물었
다.

"나따샤 스딴께비치는 내 고등학교 친구고 지금은 우리 집
에 손님으로 와 있어. 나 같지 않고 정말 진짜 미인이야. 매
력적인 얼굴이지. 금빛 머리칼에 페르시아적인 냄새를 풍기
는 검은 눈, 그리고 긴 속눈썹, 황금빛 얼굴, 어깨 그리고 기

타 등등, 기타 등등이야.”

“기타 등등이라니?”

우리 이야기의 톤에 점점 감동해하며 내가 물었다.

“그러니까 우리는 내일 아침에 멱감으러 갈 거거든. 네게 충고하겠는데, 풀섶 속에 숨어 있어. 그러면 그 기타 등등을 보게 될 거야. 작은 숲속의 요정처럼 생겼지…….”

식탁 위에는 차가워진 커틀릿과 치즈 한 조각 그리고 크림산 붉은 포도주 한 병이 놓여 있었다.

“화내지 마, 더 이상 아무것도 먹을 게 없어.”

그녀는 의자에 앉아 나와 자신의 잔에 포도주를 따르며 말했다.

“보드카도 없어. 자, 하느님이 보우하사 이 포도주로라도 목을 축여.”

“더 정확히는 무엇을 하느님이 보우하사야?”

“하루라도 빨리 ‘데릴사위’로 내게 장가와 줄 신랑감. 너도 알다시피 난 벌써 스물한 살이고, 그런데 어디 다른 곳으로 나는 시집을 갈 수 없어. 아빠를 혼자 남겨 둘 순 없잖아?”

“그래, 하느님이 보우하사다!”

우리는 그렇게 목을 축였고, 천천히 한 잔을 다 마신 그녀는 다시 비웃음 띤 얼굴로 나를 바라보았다. 그녀는 포크질을 하는 나를 바라보며 혼자말을 하듯 중얼거렸다.

“그래, 너 정말 괜찮아졌다. 그루지아 인을 닮았고, 그만

하면 미남이야. 옛날에는 너무 말랐고, 얼굴도 푸르뎅뎅했었
는데, 진짜 많이 변했어. 날씬하고, 괜찮아. 단지 그 눈이 너
무 굴러다녀서 그렇지."

"그건 네가 네 매력으로 날 혼란시키기 때문이야. 그리고
너도 전혀 옛날의 네가 아니긴 마찬가진데 뭐……."

그리고 나는 그녀를 유쾌하게 살펴보기 시작했다. 그녀는
식탁의 맞은편에 놓인 의자들을 온통 차지하고는 다리를 꼬
고 몸을 약간 내 쪽으로 비스듬히 기울여 앉아 있었다. 램프
불빛 밑으로 고르게 햇빛에 그을진 그녀의 팔이 빛났고, 약
간 푸르스름한 장난기 섞인 눈빛이 빛났으며, 잠자리에 들기
위해 듬성듬성 땋은 붉은빛 도는 숱 많은 부드러운 밤색 머
리칼도 빛났다. 풀어헤쳐진 둥그스름한 목 깃은, 그을은 목
과 삼각형 모양의 햇빛에 그을린 자국이 있는 풍만한 가슴의
시작 부분을 보여 주었다. 그리고 그녀의 왼쪽 뺨에는 검은
털이 예쁘게 나 있는 검은 점이 있었다.

"참, 그런데 아버지는 어떠셔?"

그녀는 계속 그 장난기어린 눈으로 나를 바라보며 주머니
에서 작은 은색 담뱃갑과 은색 성냥갑을 꺼내며 넓적다리를
바로하고 불필요한 능란한 모습까지 연출하며 담배를 피우기
시작했다.

"아빠는, 하늘이 도와 여전하셔. 옛날처럼 곧고, 단단하
고, 지팡이로 노크하고, 회색 올백 머리를 부풀리고, 몰래
무언가로 갈색 콧수염과 짧은 볼수염을 염색하고……. 단지

옛날보다 점점 더 집요하게 사소한 일에도 경악하고 머리를 흔들어 대지. 마치 누구에게도 동의하지 않는 것처럼 말이야." 그녀는 말하고 웃기 시작했다.

"담배 피울래?"

나는 그 때 담배를 아직 피워 보지 않았음에도 불구하고 담배를 피우기 시작했고, 그녀는 또다시 나와 자신의 잔에 포도주를 따르고는 열린 창문으로 어둠을 바라보았다.

"그래, 아직은 모든 게 좋아. 그리고 아름다운 여름이잖아. 그리고 밤은 또 어때? 아쉽게도 종달새가 벌써 울음을 멈췄구나. 그리고 난 정말 기뻐. 너를 마중하기 위해 6시에 메르펨을 보냈었어. 기차에 늦을까 봐 걱정하면서 말이야. 그리곤 다른 모든 사람들보다 더 조바심을 내며 기다렸지. 그리고 나중에 모든 사람들이 흩어졌을 땐, 네가 만약 늦게 온다면 단둘이 앉아 있게 된다는 생각에 기뻤어. 난 왠지 네가 지금의 너처럼 많이 변해 있을 거라고 생각했었거든. 그리고 온 집에서 혼자, 여름 밤에, 기차를 타고 올 누군가를 기다리다 마침내 오는 소리를, 방울이 울리는 소리를, 계단을 타고 뛰어오르는 소리를 듣는다는 게 얼마나 큰 행복을 안겨 주는지 아니……."

나는 식탁 너머로 그녀의 손을 세차게 쥐고 그녀의 체중을 느끼며 내쪽으로 잡아당겼다. 그녀는 유쾌하게 입에서 담배 연기를 내뿜었다. 나는 그녀의 손을 놓고 농담하듯 말했다.

"그래, 네가 나딸리에 대해 말했었지. 어떤 나딸리도 너와

비교할 수는 없어……. 그건 그렇고 그녀는 누구야, 어디서 왔어?"

"보로네즈(돈 강에 있는 러시아의 도시. 역주) 출신이야. 물론 훌륭한 집안 출신이고, 언젠가 매우 부유했다는데 지금은 한마디로 거지야. 집에서는 영어와 불어로 말하지만 먹을 게 아무것도 없어……. 매우 호감 가는 아가씨야. 날씬하다 못해 허약하기까지 하지. 똑똑한 애지만 매우 숨기는 편이라 똑똑한지 멍청한지 구별하기가 매우 힘들 거야……. 이 스딴께비치 가족은 네 사랑스런 사촌 형제인 메셰르스끼와 멀지 않은 이웃이야. 그리고 나딸리 얘기로는, 그는 왠지 자주 그 집에 와서는 자신의 독신 삶에 대해 불평을 늘어놓는다고 했어. 그런데 그녀는 그가 마음에 들지 않았다지 아마. 그리고 또 부자인 사람이 있었는데, 사람들은 그녀가 돈 때문에 그에게 시집을 가서, 부모를 위해 스스로를 희생할 수도 있다고 생각했대."

"그래? 그럼 이제 우리 문제로 돌아가자. 나딸리, 나딸리……. 그럼 너와의 로맨스는 어떻게 되는 거지?" 내가 말했다.

"나딸리는 우리 로맨스를 방해하지 않아. 넌 그녀에 대한 사랑 때문에 미칠 테지만 입맞춤은 나랑 하게 될 거야. 그녀의 냉정함에 지쳐서 내 가슴에 안겨 울게 될 거야. 그러면 나는 너를 위로해 줄 거고."

그녀가 대답했다.

“하지만 넌 알고 있잖아. 벌써 아주 오래 전에 내가 네게 반해 있다는 걸 말이야.”

“알아. 하지만 그건 사촌 형제들 사이에 흔히 있는 일이야. 게다가 그 때 나는 지나치게 영리했지만, 넌 그 때 우습고 지루한 애였을 뿐이었어. 그런데 하늘이 도와 네가 과거의 네 멍청함과 이별했으니, 지금 나는 나딸리가 있음에도 불구하고 내일 당장 너와의 로맨스를 시작할 준비가 되어 있어. 그렇지만 지금은 자러 갈 시간이야. 나는 내일 일 때문에 빨리 일어나야 해.”

그렇게 말을 맺은 그녀는 잠옷 깃을 여미며 일어났고, 현관에서 거의 끝까지 타 버린 양초를 들고 내가 잠잘 방으로 안내했다. 그 방의 문턱에서 나는 이 저녁에 대해 감탄하며 즐거워했다. 내 사랑의 희망이 체르까쏘프가에서 이렇게 성공적으로 이루어질 줄이야. 나는 그녀를 문 쪽으로 밀어붙이고 오랫동안 탐욕스럽게 그녀에게 키스했다. 그녀는 양초를 점점 밑으로 내려뜨리고 희미하게 눈을 감았다. 진홍색 얼굴이 되어 내 방을 나가면서 그녀는 내게 손가락으로 위협하며 조용히 말했다.

“그런데 이제 이것만은 조심해야 해. 내일 모든 사람들 앞에서 나를 그런 정열에 불타는 시선으로 뚫어져라 바라봐선 안 돼! 만약 아빠가 조금이라도 눈치채게 된다면……오, 신이여. 아빠는 나를 두려워하지만 내가 아빨 더 무서워한단 말이야. 그리고 또 나딸리가 조금이라도 눈치채게 하고 싶지 않아. 나도 워낙 수줍음을 타는 성격이잖아. 내가 네게 보인 태도로 나를 판단하지 말아 줘, 부탁이야. 그리고 만약 내가 말한 대로 하지 않으면 너는 바로 내가 혐오하는 존재가 될 거야……."

나는 옷을 벗었고, 현기증을 느끼며 침대에 쓰러졌다. 얼마나 큰 행복이 나를 기다리는지 쏘냐의 말을 조금도 의심치 않으며 녹초가 된 행복과 피로로 인해 나는 달콤하게 순간적으로 잠이 들었다.

나중에 나는 몇 번이나 어떤 불길한 징조가 있었음을 기억해 냈다. 내가 방으로 들어가 촛불을 켜기 위해 성냥을 그었을 때, 커다란 쥐 한 마리가 나를 가볍게 스쳤었다. 그 때 쥐가 얼마나 가깝게 다가왔던지, 심지어 나는 성냥불빛 아래 쥐의 불쾌한 검은 눈동자와 큰 귀, 동그란 코, 죽음을 연상시키는 작은 얼굴을 볼 수가 있었고, 그 다음에 불쾌한 경악으로 일그러지며 열린 창문의 어둠 속으로 달아나는 것을 보았다. 그러나 그 때는 곧바로 쥐에 대한 생각을 잊어버렸다.

2

내가 처음으로 나딸리를 보았던 것은 다음 날 아침 짧은 순간이었다. 한순간 그녀는 갑자기 식당으로 뛰어들어와 한 번 휙 휘둘러보았다. 아직 머리 손질을 하지 않은 채였고, 오렌지색으로 된 얇은 셔츠 하나만을 입은 채였다. 그리고 순간적으로 이 오렌지색과 강렬한 금색 머리칼, 그리고 검은 눈을 반짝이고는 사라져 버렸다. 나는 그 때 방금 커피를 마시고 혼자 식당에 앉아 있었고, 창기병(나는 외삼촌을 이렇게 불렀다)은 먼저 커피를 마시고 나간 후였다. 식탁에서 일어난 나는 우연히 뒤를 돌아보다가…….

　나는 그 날 아침 꽤 일찍, 아직 집 안이 고요할 때 잠을 깼다. 집에는 얼마나 많은 방이 있었던지 나는 가끔씩 헷갈리곤 할 정도였다. 나는 창문이 정원의 그늘진 쪽으로 나 있는 멀리 떨어진 방에서 곤한 잠을 깼고 만족감에 젖은 채 세수를 하고 깨끗한 옷을 차려입었다. 특히 기분이 좋았던 건 부드러운 실크로 만든 앞가슴이 비스듬히 트인 새 셔츠를 입었다는 것이었다. 다른 날보다 특히 멋있게 어제 보로네즈에서 자른 물기 있는 검은 머리를 빗고 복도로 나가 다른 쪽으로 돌자 침실과 함께 있는 창기병의 서재 문 앞이었다. 그는 여름이면 5시에 일어난다는 것을 알고 있었으므로 노크를 했다. 아무런 소리도 들리지 않았고, 나는 문을 열고 안을 들여다보았다. 늙은 은색 포플러나무 아래로 나 있는 이탈리아식 창문이 있는 이 낡고 넓은 방이 전혀 변하지 않았음을 나는 기쁜 마음으로 확인했다. 왼쪽으로는 참나무로 만든 책상이 온통 벽을 차지하고 있었고, 책상들 사이 한곳에 움직이지 않는 추가 달린 청동판으로 된 아름다운 나무로 만든 시계가 걸려 있었다. 그리고 다른 곳에는 매우 작은 긴 담뱃대가 산더미처럼 쌓여 있고 그 위로 기압계가 걸려 있었으며, 또 다른 곳은 할아버지 시대부터 추진된 사무실로 색이 바래 불그스름해진 녹색 양복지가 밤나무로 만든 탁자 위를 덮고 있었다. 그 양복지 위에는 펜치, 망치, 못, 청동 망원경이 놓여 있었다. 문 옆 벽에는 백 푸드는 족히 나가는 나무로 만든 소파 위로 계란형 액자에 넣은 빛바랜 초상화들의 갤러리가 만들어져 있었다. 창문 밑에는 책상과 깊은 안락 의자——책상도 안락 의자도 엄청난 크기였다——오른쪽은 엄청나게 큰 참나무로 만든 침대 위로 벽 전체를 차지하는 큰 그림이 걸려 있었다. 거무스름한 배경 위로 겨우 보일락말락한 희미한 연기 같은 구름더미와 녹색빛이 감도는 하늘색 시골 풍경, 그리고 앞쪽 구도에는 계란노른자처럼 굳어진 알몸의 뚱뚱한 미녀가 돋보이고 있었다. 거의 실제 크기로 관중들 쪽으로 자랑스런 얼굴을 반쯤 들어 보이고 노출된 등 전체와 둥그스름한 엉덩이, 튼튼한 다리의 뒤쪽을 보이며 유혹적으로 긴 한쪽 팔의 손가락을 펼쳐 가슴의 젖꼭지를 가리고, 다른 쪽으로는 배 아래로 뚱뚱한 골짜기를 가린 채 서 있는 ……. 이 모든 것을 살펴보면서 나는 뒤쪽에서 지팡이를 짚으며 현관에서 내 쪽으로 다가오는 창기병의 굵직한 목소리를 들었다.

"아니, 여보게. 이 시간엔 나를 침실에서 찾지 못할 걸세. 여태 침실에 있으면 참나무 세 개까지 침대에서 빈둥거리는 거 아닌가."

나딸리

나는 그의 넓고 건조한 손에 입맞추고 물었다.

"참나무 세 개라니요, 외삼촌?"

"시골 농부들이 그렇게 말하지."

그는 올백으로 넘긴 회색머리를 흔들며 아직도 민첩하고 총기 있는 노란 눈으로 나를 바라보며 대답했다.

"'해가 참나무 세 개 높이로 떠올랐는데 넌 아직 낯짝을 베개 속에 처박고 있냐' 이렇게 농부들이 말하지. 자, 커피 마시러 가자."

'멋진 노인, 멋진 집' 그의 뒤를 따라 열린 창문으로 아침 정원의 푸르름과 시골 저택의 풍성한 여름이 펼쳐진 식당으로 들어가며 나는 생각했다. 키가 작고 등이 구부러진 늙은 유모가 시중을 들고 있었다. 창기병은 은색 차접시 위에 놓인 두꺼운 컵으로 우유를 넣은 진한 차를 마셨고, 금색의 둥글고 오래 된 차스푼의 가늘고 기다란 손잡이를 넓은 손으로 잡고 있었다. 나는 버터 바른 흑빵을 조금씩 먹었고, 계속 은색 주전자에서 커피를 따라 마셨다. 단지 자신에게만 관심이 있는 창기병은 나에 대해서는 아무것도 묻지 않은 채 자신의 이웃 지주들에 대한 이야기를 하며 그들을 비웃었다. 나는 그의 이야기를 듣는 척하며 그의 콧수염 그리고 코끝의 굵은 코털을 바라보았고, 나딸리와 쏘냐를 조바심내며 기다렸다. 도대체 나딸리는 누구이며 어제 일 이후에 쏘냐를 어떻게 만날 것인가? 쏘냐에 대해 환희와 고마움을 느끼며 나는 그녀와 나딸리의 침실에 대해 그리고 여자 침실에서 일어날 법한

. . .

부닌

아침의 모든 부산함에 대해 부도덕한 생각을 하기 시작했다.
……어쩌면 쏘냐는 나딸리에게 우리의 어젯밤 사랑에 대해
무언가 얘기했을는지 모를 일이다. 만약 그렇다면 내가 나딸
리에게 사랑 비슷한 무엇을 느끼게 된다는 것은 그녀가 미인
이기 때문이 아니라, 그녀가 나와 쏘냐 사이의 비밀에 동참
자가 되었기 때문일 수도 있다. 그리고 대체 무엇 때문에 둘
을 동시에 사랑할 수 없다는 것일까? 이제 그들은 아침의 싱
싱한 모습으로 들어올 것이다.

그들은 나의 그루지아적인 매력과 앞가슴이 멋있게 트인
셔츠를 볼 것이고, 이야기할 것이고, 웃을 것이고, 식탁에
앉아 예쁜 모습으로 이 뜨거운 은색 주전자에서 자신에게 차
를 따를 것이다.

젊은 아침 식욕, 젊은 아침의 흥분감, 포근한 잠 뒤의 빛나
는 눈동자, 숙면 후의 좀더 생생해 보이는 뺨에서 가볍게 날
리는 분가루, 모든 이야기마다 뒤따르는 웃음, 완전히 자연
스럽지는 않지만 매혹적인……. 아침 식사 전 그들은 정원
을 지나 강으로 향할 것이고, 수영복만을 남긴 채 옷을 벗고,
위에서는 푸른 하늘이 그리고 아래로부터는 투명한 물이 알
몸을 비추고……. 나의 상상은 언제나 생생했고 나는 생각
속에서 나딸리와 쏘냐가 수영복 차림으로 사다리의 손잡이를
잡고 불편하게 사다리 난간을 밟고 내려가 녹색 이끼로 인해
미끌거리는 차가운 물속에 가라앉는 것을 보았다. 물 속에
들어가 쏘냐는 자신의 숱 많은 머리칼을 뒤로 늘어뜨리며 가

슴을 부풀어 올리고는 단호히 잠수한다. 그러면 모든 게 이
상하게 보이는 물 속에서 푸르스름한 작은 몸통으로 비스듬
히 몸은 구부러지고 팔다리는 사방으로 개구리처럼……·.
　"점심 식사는 너도 기억하겠지. 점심 식사는 12시야."
　창기병은 부정적으로 머리를 흔들며 말했고, 명주 정장 차
림에 코가 뭉뚝한 짧은 장화를 신은 채 넓은 손으로 내 어깨
를 두드리고는 빠른 걸음으로 나갔다. 바로 그 때, 나 또한
옆방을 통해 발코니로 나가기 위해 일어섰을 때, 그녀가 뛰
어들어와 잠깐 반짝이고는 기쁨에 찬 감상으로 나를 놀라게
하고 사라져 버린 것이었다. 나는 놀라 발코니로 나왔다. 정
말 미인이야! 그리고는 생각을 정리하기 위해 오랫동안 서
있었다. 나는 그렇게 오랫동안 식당에서 그들을 기다렸다.
그런데 발코니에서 마침내 그들이 식당으로 들어오는 소리를
들었을 때 나는 정원으로 도망쳐 나오고 말았다. 그들 중 하
나와 이미 매혹적인 비밀을 간직하고 있는 그들 앞에서가 아
니라 더더욱 나딸리 앞에서가 아니라, 반시간 전 그 신속함
으로 나를 눈멀게 했던 바로 그 순간에 대한 어떤 공포가 나
를 사로잡았던 것이다. 나는 저택처럼 앞쪽으로 펼쳐져 있는
정원을 오랫동안 거닐었다. 마침내 나는 스스로를 진정시켰
고 아무 일 없었던 것처럼 식당으로 들어가 쏘냐의 명랑한
용감함과 나딸리의 사랑스런 농담을 만날 수 있었다. 나딸리
는 미소 지으며 검은 속눈썹 아래로, 특히 그녀의 머리카락
색깔 아래에서 돋보이는 검은 눈동자를 반짝이며 말했다.

"우린 벌써 만났었잖아요!"

그리고 우리는 발코니의 돌로 된 난간에 팔꿈치를 괴고 여름의 한가로움을 즐기며 서 있었다. 나딸리는 내 근처에 서 있었고, 쏘냐는 그녀를 끌어안고 마치 산만하게 어딘가를 바라보는 듯 비웃음을 섞어 노래를 불렀다.

"소란한 무도회에서 우연히……."

그리고는 자세를 바로잡았다.

"자, 멱감으러 가자! 우리 먼저, 그 다음엔 네가 가……."

나딸리는 수건을 가지러 뛰어갔고, 쏘냐는 잠깐 남아 내게 속삭였다.

"오늘부터 네가 나딸리에게 반한 척할게. 그리고 조심해. 만약 정말 그렇게 된다면 넌 척할 필요 없고."

그렇다든가 이제 그럴 필요 없다든가라고 대답하기 전에 그녀는 문쪽을 흘깃 돌아보고는 덧붙였다.

"점심 식사 후에 네게로 갈게……."

그들이 돌아왔을 때, 나는 멱감으러 갔다. 나는 나딸리와 쏘냐에 대해 두 가지 완전히 반대되는 생각을 하며 긴 자작나무 오솔길을 따라 걷다가 강물 냄새가 따뜻하게 풍겨 오고 나무꼭대기에서 갈가마귀가 울어 대는 늙은 나무들 사이를 걸었다.

그리고 그들이 방금 멱감은 바로 그 물 속에서 내가 멱감게 될 것이라는 생각을 했다…….

열려진 창으로 하늘과 녹음 그리고 태양이 보이고 행복하
고 나른하고 안락하고 평온한 이 모든 것 속에서, 수프와 튀
긴 영계 그리고 우유를 넣은 딸기가 있었던 점심 식사 후, 온
집안이 조용해졌을 때 나는 어제와 같은 사랑에 대한 조급한
기대로 초조해하기 시작했다. 나는 바로 내 방으로 돌아와
덧창문을 닫고 터키식 소파에 누워 저택의 여름 정적과 벌써
어둡게 오후의 노래를 부르는 새소리를 들으며, 창문을 통해
들어오는 꽃과 풀의 향내음을 맡으며 쉴 새 없이 생각했다.
난 지금의 이 이중 생활 속에서 어떻게 살아야 할까? 쏘냐와
의 밀회, 그리고 아름다운 나딸리…… 나를 깨끗한 사랑의
환희와 열정적인 공상으로 얽매어 놓는 것은 나딸리를 사랑
의 기쁨 속에 바라보는 것이었다. 그녀의 날씬한 몸매, 햇빛
에 데워진 난간에 반쯤 선 채 기대고 있었던 부드러운 팔꿈
치, 그것을 머릿속에서 바라보는 것이었다. 그녀 옆에 팔꿈
치를 괴고 그녀를 안고, 소매 장식이 달린 반투명의 마포로
만든 부인복을 입고 있는 쏘냐는 새색시 같았고, 마포로 만
든 수놓인 치마와 러시아식 셔츠를 입은 나딸리는 옷 속으로
그녀의 싱싱한 젊음을 드러냈었다. 그러나 그 속에는 순결한
기쁨이 있어 내가 어제 쏘냐를 입맞추었던 그런 느낌으로 그
녀를 입맞출 수 있을 것이라는 가능성에 대해 생각조차 할
수 없었다!

얇고 넓은 어깨에 붉고 푸른 수가 놓여 있는 그녀의 셔츠
속으로 가는 팔이 보였고, 그녀의 건조한 금색 피부로 옅은

갈색 머리칼이 흩날렸다. 나는 그들을 바라보며 생각했다. 내가 만일 그들의 입술을 만져 볼 수 있다면 무엇을 느끼게 될 것인가! 그러자 나의 시선을 느낀 그녀는 나를 향해 반짝이는 눈을 흘기며 굵게 땋은 머리를 늘어뜨린 고개를 돌렸다. 나는 서둘러 물러서며 눈을 내리떴고, 반짝이는 햇빛 속의 치맛자락과 발, 그리고 회색 투명한 스타킹 사이로 가는 다리와 복사뼈를 보았다…….

머리에 장미를 꽂은 쏘냐는 급히 문을 열었고, 재빨리 닫으며 조용히 소리쳤다.

"너, 어떻게 잘 수가 있니?"

나는 벌떡 일어났다.

"아니, 넌 어떻게 내가 잘 수 있다고 생각하지!"

그녀의 손을 움켜잡으며 내가 말했다.

"열쇠로 문을 잠궈……."

나는 문 쪽으로 갔고, 그녀는 소파에 앉아 눈을 감았다.

"자, 이리로 내게로 와."

그리고 우리는 곧 수치심과 이성을 잃었다. 우리는 이 순간 무심결에라도 한마디의 말도 하지 않았고, 그녀는 자신의 뜨거운 몸 전체를 내가 입맞출 수 있도록 허락했다.

단지 입맞추는 것만을…….

그리고 점점 더 우울하게 눈을 감았고, 점점 더 얼굴을 붉혔다.

그리고는 다시 방을 나서며 머리 모양을 바로잡고는 속삭

나딸리

임으로 협박을 했다.

"그런데 너, 나딸리에 대해 다시 반복하겠는데, 사랑에 빠진 척해. 내 성격은 네가 생각하는 것만큼 그렇게 사랑스럽지 않아!"

장미가 바닥으로 떨어졌다. 나는 그것을 탁자 속에 숨겼고, 저녁 무렵 검붉은 장미는 시들시들해져 연보라색으로 변해 버렸다.

3

나의 삶은 외부적으로는 평탄하게 흘러갔지만, 가슴속에서는 일 분도 평온함을 찾을 수 없었다. 나는 밤마다 그녀와 갖는 기진맥진해지는 열정적인 만남의 달콤한 습관에 익숙해져 갔다. 그녀는 이제 단지 늦은 저녁 온 집안이 잠들었을 때에만 내게로 왔다. 점점 더 깊어지는 괴로움과 환희에 차 남몰래 나딸리를, 그녀의 모든 움직임을 뒤쫓으면서 모든 일은 평범한 여름의 규칙대로 움직여 갔다. 아침 만남, 점심 식사 전 멱감기, 점심 식사 그리고 그 후엔 각자 방에서 휴식, 그리고는 정원……. 그들은 자작나무 오솔길에서 오른쪽으로 집에서 멀지 않은 참나무 밑 그늘진 풀밭에서 잼을 만들었다. 다섯시에 마시는 차는 다른 그늘진 풀밭에서 마셨고, 저녁에는 산책이나 집 앞의 넓은 마당에서 크로켓을 쳤다. 나와 나딸리가 한편이 되어 쏘냐와 치거나 아니면 쏘냐와 나딸리가 한편이 되었다. 그리고 해질 무렵, 식당에서는 저녁 식사……. 저녁 식사 후 창기병은 잠자러 갔고, 우리는 더 오랫동안 발코니의 어둠 속에 앉아 있었다. 나와 쏘냐는 담배를 피우면서 그리고 나딸리는 침묵한 채 그렇게 오래도록 서 있었다. 그리고 마침내는 쏘냐가 이렇게 말했다.

"자, 자러 가자!"

그러면 그들과 인사를 하고, 나는 내 방으로 와 차가워진 손으로 그 비밀 시간을 기다렸다. 온 집안이 어두워지고 조용해져, 타 버린 양초 밑 내 머리맡 작은 시계의 째깍거리는 소리가 들려 올 때면 나는 모든 것이 이상해 보이고 두려워지기 시작했다. 무엇 때문에 신은 내게 동시에 이렇게 다르고, 이렇게 열정적인 두 개의 사랑을 주었을까. 나딸리를 사랑하는 이런 괴로운 아름다움을 그리고 쏘냐와의 이런 육체적인 환희를……. 나는 나와 쏘냐가 이제 우리의 이런 완벽하지 못한 관계를 견뎌 낼 수 없을 것이라는 걸 느꼈고, 우리의 한밤의 만남을 기대에 차 기다리는 것과 그 만남의 느낌, 그리고 낮에는 온통 나딸리와 가까이 있다는 것 때문에 완전히 미쳐 버릴 것이라는 걸 느꼈다! 쏘냐는 질투하기 시작했고, 가끔씩 위협적으로 얼굴을 붉히기 시작했으며 단둘이 있을 때면 활활 타오르며 내게 속삭이곤 했다.

"나딸리가 있는 식탁에서 우리가 완벽하게 아무 일 없는 것처럼 행동하지 못하는 것이 두려워. 내 느낌에 아빠가 뭔가 눈치채기 시작한 것 같아. 나딸리도 그렇고. 그리고 유모는 벌써 우리의 관계에 대해 확신을 가지고 있어. 십중팔구 아빠에게 이를 거야. 정원에 좀더 나딸리와 단둘이 앉아 있고, 그 애에게 이 지긋지긋한 곤차로프의 '절벽'을 읽어 줘. 가끔씩 저녁마다 산책도 데려가고……. 이건 끔찍한 일이지만 난 눈치채고 있어. 네가 얼마나 그 애에게서 바보스럽게 눈을 떼지 못하는지. 그럴 때 난 네게 증오를 느껴. 그리고 사냥개처럼 네 머리칼에 달라붙을 준비도 되어 있고, 하지만 어떡하겠어?"

그러나 가장 끔찍했던 것은 나딸리가 열정도 아니고 부러움도 아닌 채로 나와 쏘냐 사이에 뭔가가 있다는 것을 느끼기 시작한 것처럼 내게 여겨졌다는 것이었다. 그녀는 그렇지 않아도 말이 없었는데, 더 말이 없어졌으며 크로켓을 칠 때나 수를 놓을 때 필요 이상으로 열중했다. 우리는 마치 서로에게 익숙해진 듯해서 조금 가까워졌을 뿐이었다. 하루는 그녀가 소파에 반쯤 누워 악보를 훑어보고 있는 거실에서 나와 단둘이 남게 되었다. 나는 그녀에게 농담을 걸었다.

"나딸리, 우리는 어쩌면 친척 관계가 될지도 모른다던데요."

그녀는 갑자기 나를 바라보며 물었다.

"어떻게요?"

"내 사촌 알렉세이 니꼴라예비치 메셰르스끼 말이에요."

그녀는 내 말이 끝나기도 전에 말을 가로챘다.

“아 그! 당신 사촌, 실례지만 그 살이 쪄서 통통한, 발음이 분명치 않은 거인, 게다가 입은 빨갛고, 말도 많고……, 대체 누가 당신과 내가 이런 식의 대화를 하도록 했나요?”

나는 놀랐다.

“나딸리, 나딸리. 뭣 때문에 당신은 나를 그렇게 엄격하게 대하나요! 심지어 농담조차 할 수 없다니! 그렇다면 용서하세요.”

나는 그녀의 손을 잡으며 말했다.

그녀는 손을 빼지 않고 말했다.

“나는 여지껏 모르겠어요……. 당신을 몰라요……. 하지만 이것에 대해선 충분히…….”

나는 그녀가 괴롭게 자기 쪽으로 끌어당기는, 소파 위에 가지런하게 놓인 그늘진 하얀 슬리퍼를 보지 않으려고 일어나 발코니로 나갔다. 정원으로 먹구름이 몰려왔고, 공기가 희뿌옇게 되었으며 점점 더 넓고 가깝게 여름의 소음이 몰려왔다. 달콤한 들판의 습기찬 바람이 불어 왔다. 그리고 갑자기 젊고 자유롭게 그리고 달콤하게 어떤 알 수 없는 모든 것에 동의할 수 있을 것만 같은 행복이 나를 엄습해 왔다. 나는 소리쳤다.

“나딸리 잠깐만 기다려요!”

그녀는 내 쪽으로 다가왔다.

“왜요?”

“깊은 숨을 쉬어 봐요. 얼마나 좋은 바람인지! 모든 것들이 즐거울 수 있을 것 같아요!"

그녀는 잠시 말이 없었다.

"그래요."

"나딸리, 당신은 정말 내게 부드럽지 않게 대해요! 내가 못마땅한 부분이라도 있나요?"

그녀는 어깨를 으쓱해 보였다.

"뭘, 그리고 왜 제가 당신을 못마땅하게 생각하겠어요?"

저녁의 어둠 속에 발코니에 있는 등나무 안락 의자에 누워 우리 셋 모두는 말이 없었다. 별들만이 구름 속에서 반짝이고 있었고, 강 쪽에서 생기 없는 바람이 약하게 늘어졌고, 그 곳에서는 개구리들이 졸리운 듯 속삭였다.

"비가 오겠네. 졸려……."

쏘냐가 하품을 덧붙이며 말했다.

"유모 얘기로는 초생달이 떠서 앞으로 일주일은 비가 잦게 될 거래."

그리고는 잠시 침묵한 후 덧붙였다.

"나딸리, 넌 사랑에 대해 어떻게 생각해?"

나딸리는 어둠 속에서 눈을 떴다.

"난 한 가지만은 확신해. 첫사랑에 있어서 남자와 여자는 엄청난 차이가 있다는."

쏘냐는 잠깐 생각했다.

"하지만 여러 종류의 여자가 있잖아……."

그리고는 단호히 일어섰다.

부닌

"아니야, 자자, 자!"

"난 여기서 좀더 졸겠어. 난 밤이 좋아."

나딸리가 말했다.

나는 멀어지는 쏘냐의 발소리를 들으며 속삭였다.

"오늘 우리는 뭐랄까. 유쾌하지 않게 대화를 나눴죠."

"그래요, 그래요. 우리는 유쾌하지 않은 대화를 나눴어요."

그녀는 대답했다.

다음 날 우리는 아무 일 없는 듯 만났다. 밤에는 조용한 비가 내렸지만, 활짝 갠 아침이었고 점심 식사 후에는 건조하고 더워졌다. 5시 차를 마시기 전, 쏘냐가 창기병의 서재에서 집안일로 어떤 결산을 하고 있을 때, 나는 자작나무 오솔길에 앉아 '절벽'을 계속해서 소리내 읽기 위해 애쓰고 있었다. 그녀는 몸을 숙인 채 오른손을 움직여 바느질하고 있었고, 나는 책을 읽고 있었다. 매 분 달콤한 우울함에 젖어 소매 속으로 보이는 그녀의 오른손과 손가락보다 조금 높게 늘어뜨려진 옅은 갈색 머리칼과 목에서 어깨로 연결되는 부분에 있는 머리칼을 흘깃흘깃 보았다. 나는 점점 더 생기 있게 그러나 한 단어도 이해하지 못한 채 책을 읽었다. 그리고 마침내 말했다.

"자, 이제는 당신이 읽어요……."

그녀가 몸을 곧게 펴자 얇은 블라우스 밑으로 그녀 가슴의 윤곽이 드러났다. 그녀는 바느질감을 밀쳐 놓고 다시 고개를 숙이고는 내게 뒤통수와 어깨의 시작 부분을 보이며 책을 무

름 위에 올려놓고 빠르고 분명하지 않은 목소리로 책을 읽기
시작했다. 나는 그것들과 그녀 목소리에 대한 끓어오르는 사
랑으로 넋을 잃은 채 그녀의 팔과 책 밑의 무릎을 바라보았
다. 저녁이 다가오는 정원의 여러 곳에서 꾀꼬리들이 울어댔
고, 자작나무 오솔길 사이에 홀로 자라 있는 소나무 가지 위
에서 붉그스름한 회색 딱따구리가 울었다…….

　"나딸리, 당신 머리 색깔은 정말 놀라워요! 땋은 부분은
조금 짙지만 잘 익은 옥수수 색깔 같아요……."

　그녀는 계속 책을 읽었다.

　"나딸리, 딱따구리예요. 봐요!"

　그녀는 위쪽을 바라보았다.

　"네, 네. 난 벌써 봤는걸요. 오늘도 봤고, 어제도 봤고
……. 읽는 거 방해하지 말아요."

　나는 잠시 침묵했다.

　"이것 봐요. 이건 말라 죽은 회색 지렁이와 너무 닮았어
요."

　나는 다시 그녀에게 말을 걸었다.

　"뭐가요, 어디요?"

　나는 그녀에게 벤치 위 우리들 사이에 있는 말라붙은 석회
질의 새똥을 가리켰다.

　"정말요?"

　나는 중얼거리며 행복에 겨워 웃으며 그녀의 손을 꽉 쥐었
다.

“나딸리, 나딸리!”

그녀는 조용히 그리고 오랫동안 나를 바라보고는 말을 꺼냈다.

“그런데 당신은 쏘냐를 사랑하시죠?”

나는 붙잡힌 사기꾼처럼 얼굴을 붉혔지만, 강렬한 서두름으로 거부를 표시했다. 그래서 그녀는 가볍게 입술을 벌렸을 정도였다.

“그럼 사실이 아닌가요?”

“사실이 아니죠, 아니에요! 난 그녈 무척 사랑하지만 그건 친척으로서인 걸요. 우린 어린 시절부터 서로를 알고 있었거든요!”

4

다음 날 그녀는 아침 식사에도 저녁 식사에도 나오지 않았다.

“쏘냐, 나딸리에게 무슨 일이 있는 거 아니니?”

창기병이 물었고, 쏘냐는 쓴웃음을 짓고 대답했다.

“아침부터 내내 머리도 빗지 않고 셔츠바람으로 누워 있어요. 얼굴로 봐 운 것 같구요. 커피를 가져가게 했는데 마시지도 않았고……, ‘머리가 아프다.’라는 게 무슨 뜻인지 모르겠어요. 사랑에 빠진 건 아닐까요?”

"매우 간단하지."

찬성한다는 암시를 보이며, 창기병은 나를 바라보고는 머리를 가로저으며 생기 있게 말했다.

나딸리는 저녁 차 마실 시간이 되어서야 발코니로 나왔다. 가볍고, 생기 있게 그리고 이런 생기 있는 모습으로 나를 바라본다는 게 조금 쑥스러운 듯 내게 환하게 미소 지었다. 그녀는 그 미소와 함께 새로운 모습을 보여 주었다. 머리는 말끔하게 조금 구불구불한 웨이브를 넣었고, 핀으로 고정시키고 있었다. 녹색 원피스 또한 허리를 졸라 맨 부분이 매우 대담해 보였다. 또한 구두 역시 뒤축이 높은 검정색을 신고 있었다. 나는 속으로 이 새로운 환희에 탄성을 질렀다. 나는 발코니에 앉아 '역사통보'와 창기병이 내게 준 몇 권의 책을 대충 살펴보고 있었다. 그런데 갑자기 그녀가 그 생생함과 조금 당황한 상냥함으로 발코니로 들어왔던 것이다.

"좋은 저녁이에요. 차 마시러 가요. 오늘은 제가 사모바르를 가지러 가야 해요. 쏘냐가 아파요."

"왜요? 당신이 아팠다가 이번에는 쏘냐가?"

"전 그냥 아침부터 머리가 아팠던 거예요. 지금에서야 정신을 차리게 된 걸 말하기도 부끄러워요……."

"당신의 눈동자와 머리카락 빛깔에 이 녹색이 놀랍게도 참잘 어울리네요."

내가 말했다. 그리고 얼굴을 붉히며 물었다.

"당신은 어제 제 말을 믿었나요?"

"곧바로는 아니구요. 완전히도 아니에요. 그리곤 갑자기 생각하게 됐어요. 당신을 믿지 못할 근거가 제겐 없다는 것 ……. 그리고 사실 당신과 쏘냐의 감정에 대해 제가 관심 가질 이유가 뭐가 있겠어요? 자, 가요……."

저녁 식사 때는 쏘냐도 나왔고, 그녀는 나와 단둘이 이야기할 수 있는 순간을 포착했다.

"나 아파. 난 매 달 이 일을 힘들게 치러. 5일 정도는 누워 있게 될 거야. 오늘은 그래도 나올 수 있었지만 내일부터는 못 나와. 나 없어도 현명하게 행동해야 해. 난 널 무지무지하게 사랑하고 끔찍하게 질투하고 있어."

"그럼 너는 오늘 내게 들르지 않을 거야?"

"넌 멍청이야!"

이건 행복이었고, 불행이었다. 5일간 나딸리와 완벽한 자유를 누린다는 것과 5일간 밤마다 쏘냐를 볼 수 없다는 것!

일주일간 집안의 규칙대로 모든 사람들을 관리하면서 나딸리가 하얀 앞치마를 두르고 마당을 통해 주방을 드나들었다. 나는 이제껏 한 번도 그녀의 그런 사무적인 태도를 본 적이 없었고, 쏘냐의 대리 역할이 그녀에게 커다란 만족감을 주는 듯 보였다. 그리고 그녀는 마치 쏘냐와 내가 이야기를 나누고 시선을 교환하는 것에 대한 비밀스런 관찰로부터 휴식을 취하는 것 같았다. 이 모든 날들에 우리는 점심 식사 때마다 불안해했지만 늙은 요리사도 우크라이나 인 하녀 흐리스짠도 한번도 창기병의 신경을 거스르지 않고 모든 걸 제때 가져오곤 해 우리는 만족감을 얻을 수 있었다. 나딸리는 점심식사 후 쏘냐에게로 갔다. 그녀는 나를 그 곳으로 오지 못하게 했고, 저녁 차 마실 시간까지 그 곳에 남아 있었으며 저녁식사 후엔 내내 그 곳에 남아 있었다. 그녀는 나와 단둘이 있는 것을 피하는 것이 분명했고, 나는 의혹을 품은 채 그리워하며 고독 속에 괴로워했다. 그녀는 부드러워졌지만 왜 나를 피하는 것일까? 쏘냐를 두려워하는 것일까, 아니면 자신을? 나에 대한 감정을? 그리고 나는 정말 나 자신을 믿고 싶었다. 나는 점점 더 깊은 공상으로 빠져 들었다. 나와 쏘냐가 한 세기 동안 연결되어 있는 것은 아니지 않는가? 그래, 한 세기는. 그리고 나딸리는 이 곳에 손님으로 와 있고, 나도 한 2주일 후면 어쨌든 이 곳을 떠나야만 한다. 그리고 그 때는 내고통도 끝이다……. 나는 나딸리가 집으로 돌아가자마자 어떤 구실을 대서라도 스딴께비치 가족과 작별 인사를 할 것이다……. 쏘냐에게서 떠나는 것이다. 그리고 그녀를 속이는 것이다. 나딸리에 대한 이 비밀스런 상상으로 그녀와의 사랑에 대한 희망을 지니고. 물론 매우 가슴아플 것이다. 그렇다면 과연 내가 열정 하나만으로 쏘냐와 입맞추었던가, 과연 나는 그녀를 사랑하지 않는가? 하지만 어찌할 것인가. 어쨌든 결국에는 헤어날 수 없는……. 쉴 새 없이 그렇게 생각하며 끝없는 흥분 속에 그리고 무언가에 대한 기대 속에 나는 나딸리와의 만남에서 가능한 한 절제하고 다정하게 행동하려고 애썼다. 그 때가 올 때까지 참고 참는 것이다. 나는 괴로

위했고, 그리워했다. 마치 일부러 그러는 것처럼 사흘 동안 내내 비가 내렸고, 지붕 위로 조용히 짐승 발소리가 뛰어다녔고, 집 안은 어두웠으며 식당의 천장과 램프 위에서 파리들이 잠을 잤다. 하지만 나는 가끔씩 창기병의 서재에 앉아 그의 모든 이야기를 들으며 자신을 다졌다…….

쏘냐는 처음에 잠옷 차림으로 한두 시간씩 약하고 괴로운 미소를 지으며 밖으로 나오기 시작했다. 그녀는 발코니에 있는 반쯤 들어올려진 안락 의자에 누워 있었고, 내가 두려워할 만큼 나딸리 앞에서도 부끄러워하지 않으며 변덕스럽게 이야기했다.

"내 옆에 앉아, 바짝. 아 아파. 나 우울해. 뭐든 재미있는 이야기 좀 해 봐……. 달은 정말로 깨끗이 씻겼네, 깨끗이 씻겼어. 날씨도 좋아진 것 같고, 아 이 향기로운 꽃냄새……."

나는 나딸리 몰래 화를 내며 대답했다.

"꽃냄새가 강하게 풍기면, 비가 올 거라는 징조야."

그녀는 내 손을 때렸다.

"아픈 사람한테 반대하지 마!"

마침내 그녀는 점심 식사 때도, 저녁 차 마실 시간에도 나오게 되었으나 아직 얼굴빛이 창백했고, 자신에게 안락 의자를 내줄 것을 명령했다. 그러나 저녁 식사 때와 발코니로는 아직 나오지 않았다. 그러던 중 저녁 차를 마신 후 흐리스짠이 식탁에서 사모바르를 주방으로 내갈 때, 나딸리가 쏘냐

방으로 향하며 내게 말했다.

"쏘냐는 내가 항상 그 애 옆에 앉아 당신을 늘 혼자 남겨 둔다고 화가 났어요. 걔는 아직 완전히 낫지 않았거든요. 당신은 쏘냐 없이 지루하겠어요."

"나는 당신이 없을 때만 지루합니다."

내가 대답했다.

"당신이 없을 때에만……."

그녀는 얼굴빛이 변했으나 곧바로 표정을 바꾸고 애써 미소 지었다.

"그래요, 우리는 이제 더 이상 말다툼하지 않기로 했잖아요……. 이렇게 해요. 당신은 너무 집에만 오래 계셨어요. 저녁 식사 전까지 산책을 나가세요. 그리고 그 다음에 제가 당신과 함께 정원에 잠시 앉아 있을게요. 만약 하늘이 도와 달점이 틀린다면 밤엔 날씨가 좋을 거예요……."

"쏘냐에겐 내가 애처로운데 당신에겐 어때요? 아무렇지 않나요?"

"엄청나게 안됐어요."

그녀가 대답했다. 그리고는 쟁반에 찻잔을 놓으며 어색하게 웃기 시작했다.

"하지만 하늘이 보살펴서 쏘냐는 벌써 건강해요. 이제 곧 지루하지 않으시게 될 거예요……."

'저녁에 당신과 함께 잠시 앉아 있을게요.'라는 말에 내 가슴은 달콤하고 비밀스럽게 조여들었다. 그리고 바로 그와 동시에 나는 생각했다. 그래, 아니야! 이건 그저 달콤한 말에 불과할 뿐이야!

나는 내 방으로 가 천장을 바라보며 오랫동안 누워 있었다. 그러나 마침내 자리를 털고 일어나 현관에서 테 없는 모자와 누군가의 지팡이를 가지고 아무 생각 없이 넓은 길로 나섰다. 우크라이나의 시골 마을은 조금 높이 자리잡고 있어 야산의 높이와 같았다. 길은 텅 빈 저녁 들로 나를 안내했다. 도처에 언덕들이 있었지만 멀리까지 볼 수 있었다. 왼쪽으로 강의 저지가 펼쳐졌고, 그 뒤로는 가볍게 지평선 쪽으로 또 한 텅 빈 들판이 있었다. 그 곳에서 얼마 전 내려앉은 태양으로 인해 저녁 노을이 붉게 타고 있었다. 오른쪽에 있는 하나같이 하얀 지붕을 한 농가들이 저녁 노을을 받아 마치 죽은 듯이 붉어지고 있었다. 나는 우울한 모습으로 노을과 그 농가들을 응시했다. 내가 뒤돌아섰을 때, 나를 맞아 뜨거운 바람이 늘어졌고, 벌써 하늘에는 마치 투명한 거미처럼 초생달이 반짝이고 있어 떡갈나무 열매를 연상시켰다.

집 안이 더웠으므로 우리는 이번에도 저녁 식사를 정원에서 하고 있었다. 나는 창기병에게 물었다.

"외삼촌, 내일 날씨에 대해 어떻게 생각하세요? 제 생각에는 비가 올 것 같은데."

"왜 그러나?"

"제가 방금 뜰에 나갔었는데, 안타깝게도 곧 외삼촌 곁을 떠나야 할 것 같다는 생각을 했어요……."

“그건 왜?”

나딸리도 나를 바라보았다.

“그럼 떠날 차비를 하시는 건가요?”

나는 억지로 소리내 웃기 시작했다.

“그러니까, 저는…….”

창기병은 이번에는 특히 힘차게 머리를 저었다.

“말도 안 돼, 말도 안 되고말고! 네 엄마와 아빠는 충분히 너와의 헤어짐을 참을 수 있어. 2주가 되기 전에는 난 널 절대 보내 주지 않을 테다. 그리고 나딸리도 너를 놓아 주지 않을 테고.”

“저는 비딸리 뻬뜨로비치에 대해 아무런 권리도 없어요.”

그녀가 말했다.

나는 불만스럽게 소리쳤다.

“외삼촌, 나딸리에게 절 그렇게 부르는 걸 금지시켜 주세요!”

창기병은 손바닥으로 식탁을 쳤다.

“금지한다. 그리고 네 떠남에 대해 여러 소리를 늘어놓는 것도. 그리고 비에 대해서라면 네가 옳다. 날씨가 다시 흐려질 가능성이 커.”

“들판은 벌써 지나치게 깨끗하고 선명했어요.” 내가 말했다.

“달도 너무 깨끗하고, 떡갈나무 열매를 닮았어요. 그리고 바람도 남쪽에서 불었구요. 이것 보세요, 벌써 구름들이 몰려오네요…….”

창기병은 고개를 돌려 광채를 잃은 달빛만이 반짝이는 정원을 바라보았다.

“비딸리 너, 제2의 기상학자가 되겠다…….”

10시에 그녀는 내가 그녀를 기다리며 우울하게 생각에 잠겨 앉아 있는 발코니로 나왔다. 나는 생각했었다. 모든 건 엉터리다. 그리고 만약 그녀에게 나에 대한 어떤 감정이 있다면 그건 신중하지 않은 변할 수 있는 순간적인 감정이리라……. 초생달은 여전히 깨끗하게 연기처럼 하얀 구름을 가르며 점점 더 높고 환하게 떠올랐다. 그리고 구름 뒤로부터 인간의 얼굴——환하고 죽은 듯한 창백한 얼굴——을 닮은 하얀 달이 나왔을 때는 모든 것이 밝아졌고, 인광을 내는 빛을 뿌렸을 때였다. 나는 기척을 느껴 뒤를 돌아보았다. 나딸리가 뒷짐을 진 채 나를 바라보며 문지방 위에 서 있었다. 내가 일어서자 그녀는 아무렇지도 않게 물었다.

“아직 안 주무세요?”

“당신이 내게 말했잖아요…….”

“미안해요. 난 오늘 너무 피곤해요. 오솔길을 따라 걸어요. 전 자러 가야겠어요.”

나는 그녀 뒤를 따라 걸었고, 그녀는 발코니의 계단에서 구름이 먹구름 다발로 짙어져 소리 없이 반짝여 대는 정원의 높은 곳을 바라보며 멈춰 섰다. 그러고는 자작나무 오솔길의 긴 투명한 차양 아래 알록달록한 빛과 그늘의 얼룩 속으로 들어갔다. 나는 그녀와 나란히 서며 무엇이든 이야기하려고 말을 시작했다.

“멀리 자작나무들이 정말 마술처럼 반짝이는군요. 깊은 밤 숲의 내부와 그 속에서 하얀 실크처럼 반짝이는 자작나무보다 더 신비하고 아름다운 것은 없을 거예요…….”

그녀는 멈춰 섰고, 어둠 속에서 검은 눈을 반짝이며 나를 바라보았다.

“당신, 정말로 떠나시나요?”

“네, 때가 됐어요.”

“그런데, 왜 이렇게 갑자기 빨리요? 숨기지 않겠어요. 당신이 떠난다는 말을 하셨을 때 저는 많이 놀랐어요.”

“나딸리, 당신이 집으로 돌아갔을 때 내가 당신 집안에 인사하러 가도 되겠습니까?”

그녀는 말이 없었다. 나는 그녀의 오른손을 잡고 정신이 아찔해짐을 느끼며 입맞추었다.

“나딸리…….”

“그래요, 그래요. 난 당신을 사랑해요.”

그녀는 급히 말하고 집 쪽으로 향했다. 나는 달빛처럼 그녀 뒤를 따랐다.

“내일 당장 떠나세요.”

그녀는 뒤도 돌아보지 않은 채 걸으며 말했다.

“며칠 후에 저도 집으로 돌아갈게요.”

5

　방으로 돌아와 나는 촛불도 켜지 않은 채 소파에 앉아 이렇게 예기치 않은 갑작스러움으로 내 삶이 움직이는 것에 대해 공포와 놀라움을 느끼며 마비되어 갔다. 나는 시간과 공간에 대한 모든 감각을 잃은 채 앉아 있었다. 방과 정원은 먹구름으로 인해 어둠 속에 가라앉았고, 정원은 열린 창문들 뒤로 바람소리 속에 스산했으며 점점 더 잦게 그리고 빠르게 나타났다가 사라져 버리는 녹색빛 도는 하늘색 불꽃이 나를 비추었다. 이 소리 없는 빛의 속도와 힘은 점점 더 거대해져 순간적으로 방을 비추었고 바람과 함께 정원을 공포에 떨게 했다. 이렇게 하늘과 땅이 타는구나! 나는 벌떡 일어나 힘들여 창문틀을 잡고 몰아치는 바람 속에 창문들을 닫았다. 그리고는 복도를 지나 식당으로 뛰어갔다. 그 때 내게는 폭풍 속에 깨어져 나갈 열린 창문들이 식당이나 거실에 없을 것이라 생각되었지만 그래도 나는 뛰어다녔고 꼭 살펴보아야 한다는 마음이 일었었다. 나는 정말 이 신비한 녹색빛 도는 하늘색 광채 아래 이상하게만 보이는 모든 창틀들을 일일이 다 확인했다. 그리고 바로 그 순간 짙은 어둠 속에서 얼굴을 내민, 순간적으로 보인 붉은 광채를 보았다. 나는 내가 없는 동안 내 방에 무슨 일이 일어나지 않았을까 하는 두려움으로 재빨리 방 안으로 들어섰다. 그 때 어둠 속에서 화난 속삭임이 들려 왔다.

"어디 갔었어? 무서워. 빨리 촛불을 켜 줘……."

나는 성냥을 켰고, 잠옷만을 걸친 채 맨발에 구두를 신고 소파에 앉아 있는 쏘냐를 보았다.

"아니야, 아니야. 켜지 않는 게 좋겠어."

그녀는 서둘러 말했다.

"빨리 내게로 와. 나를 안아 줘, 나 무서워……."

나는 고분고분히 앉아 그녀의 차가운 어깨를 안았다. 그녀는 속삭였다.

"내게 키스해 줘, 어서. 날 가져. 나는 일주일 내내 너와 함께 있지 못했어!"

그러고는 나와 자신을 힘껏 소파 위 베개 위로 던져 버렸다.

바로 그 순간 열린 문지방 위에서 단추 없는 셔츠를 입고 손에 양초를 든 나딸리가 언뜻 보였다. 그녀는 곧 우리를 알아보았지만 못 본 척 소리쳤다.

"쏘냐, 어디 있어? 나 너무 무서워……."

그러고는 즉시 사라져 버렸다. 쏘냐는 그녀 뒤를 쫓아나갔다.

6

1년 후 나딸리는 메셰르스끼에게 시집을 갔다. 그들은 블라가다뜨느이 근처에 있는 텅 빈 교회에서 결혼식을 올렸으나 우리를 비롯한 다른 친척들과 지기들은 양가 어느 쪽에서도 아무도 결혼식 초대를 받지 못했다. 그리고 보통 하는 결혼식 후의 친지 방문도 이 신혼 부부는 하지 않았고 즉시 크림으로 떠나 버렸다.

다음 해 1월 방학식날 보로네쥐에서 보로네쥐 대학생들이 개최하는 무도회가 있었다. 모스크바 대학생인 나는 시골집에서 크리스마스 주간을 보내고 그 날 저녁 보로네쥐로 향했다. 기차는 눈에 뒤덮인 채 도착했고, 마부 딸린 썰매가 눈보라 속에 겨우 희미한 가로등빛이 보이는 귀족 호텔로 데려다 주었다. 그러나 시골에서 벗어난 이 도시의 눈보라와 불빛들은 나를 흥분시켰고, 아주 따뜻한 현립 호텔의 방으로 들어가 나는 사모바르를 주문하고 옷을 갈아입었다. 그리고 새벽까지 계속될 긴 무도회 밤에 대한 기대로 부풀었다.

체르까쏘프가에서의 그 끔찍했던 밤이 지나고 그 후 그녀의 결혼, 그 시간들 속에 나는 정상을 되찾았다. 나는 남모르게 영혼이 병든 사람들처럼 그러한 상태에 익숙해졌지만 겉으로는 다른 평범한 사람들처럼 그렇게 생활했다.

내가 도착했을 때, 무도회는 막 시작되었지만 정문 계단과 작은 광장에는 사람들로 들끓고 있었고, 주강당으로부터 합창 소리와 슬프고도 성스러운 왈츠 박자로 울리는 군대 음악이 귀를 멀게 할 정도로 크게 울려 퍼지고 있었다. 나는 새 제복을 입고 빛나는 제복의 우아함 속에 지나칠 정도로 정중하게 계단의 붉은 양탄자를 따라 올라갔다. 군중들 틈을 겨우 헤치고, 광장으로 올라가 빽빽이 들어선 문 앞의 사람들을 뚫고 홀 안으로 들어가 무의식적으로 계속 사람들 사이를 헤집고 안으로 안으로 들어갔다. 사람들은 아마 내가 홀 안에 어떤 볼일이 있는 관리자라고 생각했을 것이다. 그리고 마침내 나는 문지방에 멈추어 서서 바로 머리 위에서 울리는 오케스트라의 굉음을 들으며 샹들리에의 잔물결 속에 왈츠에 맞춰 춤추고 있는 열 쌍을 바라보았다. 그 때 갑자기 빙빙 돌고 있는 무리들 속에 한 쌍이 빠르고 민첩하게 직선으로 내 쪽을 향해 다가왔고 나는 급히 뒤로 물러섰다. 왈츠를 추느라 조금 등이 구부러진 사내는 멋진 연미복 차림에, 큰 덩치에도 불구하고 매우 가벼운 몸놀림을 뽐내고 있었다. 이러한 그의 민첩함은 춤을 추고 있는 몇 명의 그루지아 인들이 놀랄 정도였다. 그 남자의 파트너인 키 큰 여자는 무도회식 헤어스타일로 머리를 높게 올리고 있었고, 하얀 드레스 차림에 날씬하게 빠진 금색 구두를 신고 눈을 내리뜬 채 남자의 어깨에 백조의 목을 닮은 흰 장갑을 낀 손을 올려놓고 화려한 몸짓으로 춤을 추고 있었다. 한순간, 그녀의 검은 속눈썹이 나를 똑바로 향한 채 나를 바라보며 흔들렸고, 검은 눈동자가 반짝였다. 그 때 그녀의 파트너는 민첩한 동작으로 손을 움직여 그녀를 돌려 놓았다. 그녀의 입술은 회전하며 호흡을 내뱉느라 조금 벌어졌고, 드레스 자락이 은빛으로 번득였다. 그리고 그들은 다시 일직선으로 되돌아갔다. 나는 되돌아 다

시 사람들 속을 뚫고 나와 잠시 멈춰 섰다……. 나를 마주
하고 있는 홀의 문 쪽은 텅 비어 있었고, 썰렁했으며 축제의
흥분 속에 뷔페 앞에 샴페인을 들고 서 있는 우크라이나 인
으로 보이는 두 명의 청강생과 예쁘장한 금발머리 아가씨 그
리고 금발머리 아가씨보다 키가 두 배는 커 보이는 까자끄 아
가씨가 서 있는 것이 보였다. 나는 그들을 향해 들어가 인사
를 하고는 100루블짜리 지폐를 내밀었다. 그들은 서로 머리
를 부딪치며 크게 웃고는 바 밑 얼음양동이 속에서 술병을 꺼
내 확신이 없다는 듯 이리저리 살펴보았다. 마개를 연 병은
아직 없었다. 나는 바 뒤로 들어갔고, 잠시 후 젊은이들은 코
르크 마개를 땄다. 나는 유쾌하게 그들에게 한 잔씩 권했다.
　"즐겁게 놀아 보자구!"
　남은 것은 한 잔씩 한 잔씩 혼자 마셔 버렸다. 그들은 처음
에는 놀라움으로 그 다음에는 측은함으로 나를 바라보았다.
　"오, 당신 얼굴이 너무 창백해요!"
　나는 병을 비운 즉시 그 자리를 떠났다. 호텔에 돌아와서
는 방으로 까프까즈산 코냑을 주문하고는 잔에 따라 마시기
시작했다. 심장이 찢어져 나가길 바라면서…….
　그로부터 1년 반이 더 지나갔다. 5월 말의 어느 날, 내가
다시 모스크바에서 집으로 돌아왔을 때, 우체부가 블라가다
뜨느이에서 온 전보를 가지고 왔다.
　'오늘 아침 알렉세이 니꼴라예비치 메셰르스끼가 돌연 운
명하셨습니다.'

아버지는 성호를 그으며 말했다.

"신의 뜻이야. 이런 일이, 나는 그를 좋아한 적이 한 번도 없지만 그래도 안됐구나. 아직 그는 마흔도 채 안 됐잖아. 그녀가 정말 안됐어, 그 나이에 과부가 되다니, 아기까지 있고 ……. 한번도 그녀를 보지는 못했지. 그는 그녀를 얼마나 아꼈는지 한번도 내게 데려온 적이 없어. 하지만 사람들 말이 그녀는 아주 매력적이라더구나. 그럼 이제 어떻게 한다? 나도 네 엄마도 이 나이에 150베르스따나 되는 거리를 간다는 건 무리야. 네가 가야겠다……."

거절한다는 것은 불가능했다. 어떤 이유로 내가 거절할 수 있겠는가? 이 예기치 않은 소식이 다시금 나를 혼란 속으로 몰아 넣었다. 그리고 나는 하나만을 생각하게 되었다. 그녀를 보게 될 것이다! 만남에 대한 구실은 무시무시했지만 그러나 법적인 것이었다.

우리는 답신 전보를 보냈다. 그리고 다음 날 5월의 저녁 노을이 질 무렵 나는 블라가다뜨느이에서 마차를 타고 저택으로 향했다. 저택을 향한 언덕을 오르면서 나는 밝은 노을빛을 받은 집 서쪽 벽의 모든 창문이 덧창문으로 닫혀 있는 것을 보았고 끔찍한 생각에 몸서리쳤다. '저 창문 너머에 그가 그녀와 함께 살고 있었다!' 어린 풀들이 빽빽이 자라 있는 마당의 마구간 옆에서 누군가의 삼두마차 두 대가 방울소리를 울려 대고 있었으나 마부 외에는 아무도 없었다. 벌써 조문 온 사람들과 시종들은 모두 집 안에서 조문식에 참가하고 있었다. 사방에는 시골의 5월 해질녘의 고요함과 봄의 정 갈함이 감돌았고, 기이하게도 신선한 공기를 호흡할 수 있었 다. 그런데 집 정면의 현관을 오르는 계단에는 활짝 열어제 친 현관문 옆으로 벽을 가린 채 커다랗게 노란 빛깔로 반짝 이는 관 뚜껑이 세워져 있었다. 저녁 공기의 싸늘함 속에 달 콤한 배꽃 냄새가 풍겨 왔고, 정원의 남동쪽에서 빽빽한 은 하수가 우윳빛으로 반짝였으며, 이 은하수가 만들어내는 윤 기 없는 경계선 쪽에서 장밋빛 목성만이 홀로 빛나고 있었 다. 그리고 이 모든 젊음과 아름다움 그리고 그녀의 아름다 움과 젊음에 대한 생각――그녀가 언젠가 나를 사랑했었고, 비애와 행복과 사랑의 요구로 내 가슴을 찢어 놓았던 것에 대 한――은 마차에서 현관으로 뛰어내리는 나를 절벽 앞에 선 것처럼 몸을 움츠러들게 했다. 어떻게 이 집에 들어갈 것이 며 헤어진 지 삼 년 만에 과부가 된, 한 아이의 어머니가 된 그녀의 얼굴을 마주 볼 것인가! 그러나 나는 심호흡을 하고 노란 촛불의 불꽃으로 얼룩진 무시무시한 홀의 어둠과 향내 속으로 들어갔다. 관 앞에는 촛불들이 불을 밝히고 있었고, 홀의 입구에는 비스듬히 들어올려진 성상을 비추어 주는 커 다란 붉은 램프가 있었으며, 아래에는 은색빛을 흘리는 키 큰 양초가 서 있었다. 교회에서 일하는 사람들의 노래 속에 나는 분향을 하고 관을 돌며 절을 했다. 그 때 나는 관 위에 있는 노란 비단과 고인의 얼굴을 보지 않으려 머리를 숙였 고, 무엇보다도 그녀를 보게 될 것이 두려웠다. 누군가 내게 불 붙인 양초를 주었고, 손에 받아 쥔 양초의 떨리는 불빛이 내 얼굴을 비추는 것을 느끼며, 노랫소리와 향로의 짤그락거리는 소리와 함께 천장으로 피어오르는 연기를 힐끗힐끗 바라보던 중 그녀와 마주치고 말았다. 그녀는 상복을 입고 자신의 얼굴과 금빛 머리칼을 비추는 양초를 손에 들고 있었다. 나는 이제 그녀에게서 눈을 뗄 수가 없었다. 모든 것이 끝나고, 꺼진 촛불 냄새가 풍길 때, 사람들은 조심스럽게 움직이며 그녀의 손에 입맞추러 갔다. 나는 마지막 차례를 기다렸다. 그리고는 그녀에게 다가가 환희에 찬 공포로, 그녀를 순결하고 깨끗하게 보이게 하는 검은 원피스의 날씬함과 아름다운 얼굴의 속눈썹과 내 앞에 낮게 내리뜬 눈동자를 바라보았다. 그리고 그녀의 손에 입맞추며 낮게 절하고 겨우 들릴 듯 말듯한 목소리로 친척의 예를 갖추어 해야 할 말만을 했고, 내가 고등학생이었을 때 블라가다뜨느이로 와 잠을 잤던 그 오래 된 둥근 지붕의 원형 건물에서 밤을 지새워도 되겠느냐는 부탁을 했다. 그 곳은 어둔 여름밤의 메셰르스끼의 침실이었다. 그녀는 눈을 들지 않은 채 대답했다.

"제가 지금 당신을 그 쪽으로 안내하고, 당신에게 저녁 식사를 내가도록 하겠습니다."

아침, 장례식 후 나는 즉시 그 곳을 떠났다.

작별 인사를 하면서 우리는 다시 단지 몇 마디만을 주고받았고, 역시 서로의 눈을 바라보지 않았다.

나는 학교를 마쳤고, 학교를 마친 후 곧 거의 같은 시기에 아버지와 어머니를 여의었다. 나는 시골로 내려와 집안일을 돌보며 어머니 방에서 시중을 들던 고아 농부 처녀 가샤와 함께 살게 되었다……그녀는, 푸르스름할 정도의 백발을 하고 견갑골이 큰 노인인 수위 이반 루끼치와 함께 내 시중을 들었다. 그녀의 모습은 아직 반쯤 어린애처럼 보였다. 검은 머리에 작고 말랐고 아무것도 표현하지 않는 검은 눈동자와 검고 매끄러운 피부의 그녀는 마치 어떤 일에도 무관심하다는 듯 말이 없었다. 언젠가 아버지가 이렇게 말씀하셨었다. '네 외숙모가 저렇게 생겼지.' 나는 그녀가 매우 사랑스러웠고 그래서 나는 그녀에게 입맞추며 팔에 안고 다니는 걸 좋아했다. 그럴 때면 나는 이렇게 생각했다. '그래, 내 삶에서 내게 남은 건 이게 전부야!' 그녀는 내가 무슨 생각을 하는지 이해하는 것 같았다. 그리고 그녀가 검은 사내아이를 낳았을 때, 그래서 시중들기를 그만두고 내가 어린 시절에 쓰던 방으로 옮겨 왔을 때, 나는 그녀와 교회에서 결혼식을 올릴 것을 원했다. 그러자 그녀가 말했다.

"아니에요. 제게 그런 건 필요 없어요. 그러면 모든 사람들 앞에 부끄러워질 뿐이에요. 제가 어떻게 마님이 될 수 있겠어요! 그리고 당신께도 그런 게 왜 필요하죠? 만일 그렇게 된다면 당신은 곧 절 사랑하시지 않게 될 거예요. 당신은 모스크바로 떠나셔야 해요. 그러면 당신은 절 그리워하시게 될 거예요. 그렇지만 전 이제 그리워하지 않겠어요.”

그녀는 그녀의 품에 안겨 젖을 빨고 있는 아기를 바라보며 말했다.

“떠나세요, 가셔서 편안하게 사세요. 그리고 이것 하나만 기억해 주세요. 만약 누군가를 사랑하게 돼 결혼에 대해 생각하게 되시면 전 지체 없이 이 아이와 물에 빠져 죽을 거예요.”

나는 그녀를 바라보았다. 그녀를 믿지 않는다는 것은 불가능했다. 그리고는 머리를 떨구었다. 그래, 내 나이 겨우 스물여섯이다……. 사랑에 빠지고 결혼한다는 것을 나는 상상조차 할 수 없었다. 그런데 가샤의 말은 다시금 내게 나의 끝나 버린 인생에 대해 상기시켜 주었다.

이른 봄 나는 외국으로 나가 그 곳에서 넉 달 정도를 보냈다. 6월 말 모스크바를 거쳐 집으로 돌아오면서 나는 이렇게 생각했다. ‘가을은 시골에서 보내고, 겨울에 어디든 다시 떠나자.’ 모스크바에서 뚤라로 가는 길에 나는 우울해졌다. 이렇게 다시 나는 집으로, 무엇 때문에? 나는 나딸리를 회상했고, 그리고 생각했다. 그래 ‘관까지 가는’ 그 사랑, 쏘냐가 비웃음 속에 예언했던 그 사랑은 존재한다. 단지 나는 이미 누군가 매 년 그로부터, 예를 들어 팔이나 다리를 잘라 내는 데 익숙해지는 것처럼 그것에 익숙해진 것이다……. 그리고는 뚤라 역에 앉아 갈아 탈 기차를 기다리며 문득 전보를 보냈다.

'모스크바에서 당신이 계신 곁을 지나갑니다. 당신의 마을 기차역에 저녁 9시에 도착해 잠깐 들러 당신이 어떻게 사시는지 볼 수 있도록 허락해 주십시오.'

그녀는 나를 현관에서 맞았다. 그녀 뒤로 시녀가 램프불을 비추었다. 그녀는 반쯤 지은 미소로 내게 손을 내밀었다.

"전 너무 기뻐요!"

"정말 이상하게도 당신은 키가 조금 커졌어요."

나는 입을 맞추며 고통과 함께 묘한 감정을 느끼며 말했다. 나는 시녀가 들어올린 램프불 아래 그녀의 얼굴을 바라보았다. 창문 유리 주위에는 비 내린 후의 가벼운 공기 속에서 작은 벌레들이 날고 있었다. 그녀의 검은 눈동자는 이제 더욱 신념에 차 있었고, 소박하게 녹색 명주 드레스를 입고 있는 모습은 아름다운 매력의 절정을 보여 주고 있었다.

"그래요, 전 아직도 키가 자라요."

그녀는 쓸쓸하게 미소 지으며 대답했다.

홀 안에는 예전처럼 입구 부분에 낡은 금색 성상 위로 커다란 붉은 램프가 걸려 있었다. 그러나 불은 꺼져 있었다. 나는 이것에서 재빨리 시선을 옮겨 그녀 뒤를 따라 식당으로 향했다. 식당에는 반짝이는 식탁보가 깔려 있고 그 위에 알코올 램프 위에 얹어진 차 주전자가 있었고, 가느다란 다기가 반짝였다. 시녀는 차가운 송아지고기와 피클 그리고 보드

카가 든 목이 긴 유리병과 붉은 포도주 한 병을 내왔다. 그녀
는 차 주전자를 들며 말했다.

"전, 저녁을 먹지 않아요. 차만 마실게요. 당신이 먼저 드
세요……. 당신 모스크바에서 오시는 길이세요? 왜요? 여
름에 그 곳에서 할 일이 뭐가 있죠?"

"파리에서 돌아오는 길이에요."

"그럼 그렇죠! 그 곳에선 오래 계셨나요? 아! 만약 내가
어디든 떠날 수 있다면! 우리 딸애가 아직 네 살밖에 안 돼
서……. 들리는 말에 당신은 열심히 영지일을 돌보신다던
데?"

나는 안주는 먹지 않은 채 보드카 한잔을 마시고 담배를
피워도 되는지를 물었다.

"아, 피우세요!"

나는 담배를 피워 물고 말했다.

"나딸리, 제게 일부러 그런 친절함을 보이실 필요 없어요.
제게 특별한 주의를 기울이지 마세요. 저는 그저 당신을 다
시 한 번 보고 사라지려고 잠시 들렀을 뿐이니까요. 그리고
어색함도 느끼지 마세요. 모든 일은 다 옛날로 지나가 버렸
으니까요. 당신은 제가 다시 당신에게 눈이 멀었다는 걸 모
르실 리가 없어요. 하지만 저의 이 도취에 대해 당신은 괴로
워하실 필요가 없어요. 이제는 사심 없고, 평온한 것이니까
요……."

그녀는 머리와 속눈썹을 내려뜨렸다. 그리고 그녀의 얼굴

은 서서히 장밋빛으로 물들어 갔다.

"이건 확실해요."

창백해지며 그러나 강한 목소리로 나는 내가 진실을 말하고 있다는 것을 스스로에게 확인시키며 말했다.

"세상의 모든 것은 다 지나가잖아요. 당신에게 저는 옛날 옛적의 아무것도 아닌 것이 되었고, 물론 당신에게 지은 내 무시무시한 죄 또한 그렇고, 그래서 이제 옛날보다 몇 배는 더 이해하고 용서하는 사람이 되었을 거라고 나는 확신해요. 그리고 내 죄도 완전히 내 의지로 저질러진 것은 아니었고, 또 그 때는 내 젊음의 극단적인 무모함과 내가 처한 여러 가지 놀라운 상황들이 나를 그렇게 되도록 했어요. 그리고 나는 이미 충분히 그 죄에 대해 벌을 받았고요⋯⋯. 내 자신의 파멸로⋯⋯."

"파멸이라니요?"

"그럼 과연 그렇지 않단 말인가요? 당신은 아직까지 모르세요, 날 몰라요. 당신이 언젠가 얘기했던 것처럼⋯⋯."

그녀는 잠시 말이 없었다.

"저는 당신을 보로네쥐 무도회에서 보았어요⋯⋯. 그 때는 아직 젊었을 때였고, 그 때 전 얼마나 불행해했었는지! 설사 세상에 그보다 더 불행한 사랑이 존재한다 하더라도 말이에요."

그녀는 얼굴을 들고, 크고 검은 눈동자로 물으며 덧붙였다.

· · ·

"과연 세상에서 가장 슬픈 음악은 행복을 주지 않는 것일
까요? 그러지 말고 당신에 대해 얘기해 주세요. 정말로 당신
은 시골에서 영원히 사실 작정인가요?"

나는 힘들여 물었다.

"그럼, 그 때 이후로 당신은 아직도 나를 사랑하고 계셨나
요?"

"그래요."

나는 내 얼굴이 뜨겁게 달아오르는 것을 느끼며 말문을 닫
았다.

"내가 들은 이야기가 사실인가요?…… 당신에게 사랑이,
아기가 있다는……."

"그건 사랑이 아니에요." 내가 말했다.

"그건 끔찍한 동정심과 부드러움일 뿐이에요."

"제게 모두 이야기해 주세요."

나는 모든 것을 이야기했다. 가샤가 내게 '떠나세요, 가서
편하게 사세요.'라고 말했던 것까지. 그리고 이렇게 말을 맺
었다.

"이젠 아시겠죠, 제가 벌써 죽었다는 걸……."

"됐어요!"

그녀는 무언가 생각하며 말했다.

"당신에겐 아직 많은 시간이 당신 앞에 있어요. 물론, 법
적인 결혼은 불가능하겠네요. 그리고 그녀는 아기와 스스로
를 아끼지 않는 사람 같네요."

“문제는 결혼에 있는 게 아니에요. 세상에! 내게 결혼이
라니!”

나는 말했다.

“그래요, 그래요. 그리고 정말 이상해요. 당신의 예견이
맞았어요. 우리는 친척 관계가 되고 말았잖아요. 당신은 지
금 제가 당신의 사촌 형제라는 게 느껴지세요?”

그러고는 자신의 손을 내 손 위에 올려놓았다.

“당신은 여행에 너무 지치셨어요. 그리고 아무것도 드시
지 않았구요. 당신 안색이 너무 좋지 않아요. 오늘 이야기는
이만하면 충분해요. 가세요, 당신 침대는 이미 마련해 두었
어요…….”

나는 고분고분 그녀 손에 입맞추었고, 그녀는 시녀를 불렀
다. 정원 뒤로 낮게 떠 있는 달이 꽤 환하게 비추고 있었음에
도 시녀는 램프를 들고 처음에는 건물의 오른쪽으로 다음에
는 비스듬히 나 있는 오솔길을 따라 나무 기둥들이 있는 낡
은 둥근 지붕의 반원형 건물로 나를 안내했다. 나는 열린 창
문 옆 침대 근처에 앉아 이렇게 어리석고 갑작스런 행동을
한 자신을 질책하며 담배를 피워 물었다. 밤은 유난히 조용
했고, 늦은 시각이었다. 분명 한 차례의 작은 비가 올 것이
다. 공기가 더 따뜻하고 부드러워졌다. 이 움직임 없는 온기
와 고요함 속에 멀리 마을의 여러 곳에서 첫닭의 울음소리들
이 들려 왔다. 내가 있는 건물과 마주 한 정원 뒤쪽에 떠 있
는 달의 환한 주위는, 마치 한 장소에 얼어붙은 듯 멀리 있는

나무들과 가까이 있는 나뭇가지 사이를 비추고 있었다. 달빛
이 흐르는 곳은 환한 유리 같았고, 그늘진 곳 또한 알록달록
하고 비밀스러웠다……. 그리고 그녀 또한 길고 어둡고 실
크처럼 반짝이는 것을 입고 창문 쪽으로 그렇게 비밀스럽게
소리 없이 다가왔다…….

그 후 달은 이제 정원 위에서 반짝였고, 내가 있는 건물을
정면으로 바라보고 있었다. 그리고 그녀는 침대에 눕고 나는
침대 옆에 무릎을 꿇고 앉아 그녀 손을 잡은 채로 우리는 이
야기를 주고받았다.

"그 번개가 쳤던 무서운 밤에 난 벌써 당신 하나만을 사랑
하고 있었소. 가장 환희에 차고 깨끗한 당신을 향한 정열 외
에 다른 것에 대한 욕구는 내 속에 없었소."

"알아요! 나는 점차 시간이 흘러감에 따라 모든 걸 이해
했어요. 그래도 갑자기 그 천둥들을 떠올릴 때면, 그것도 바
로 얼마 전 오솔길에서 있었던 일에 대한 회상 뒤……."

"이 세상 어디에도 당신에게 이 비슷한 것조차 없을 거요.
내가 얼마 전 그 녹색 명주천 아래 당신의 무릎을 보았을 때,
나는 당신의 입술을 한번 만져 보는 대가로 죽어도 좋다는
생각을 했었소."

"그럼, 당신은 한번도, 단 한번도 이 몇 년 동안 날 잊은
적이 없단 말이에요."

"단지 살고 있다는 것, 숨쉬고 있다는 걸 잊는 것처럼만
잊어버렸지. 그리고 당신은 사실을 말했소. 불행한 사람이란

없어. 아, 그 당신의 단추 없는 오렌지색 셔츠, 그리고 아직 소녀였던 그 날 아침에 잠깐 보였던 당신. 그게 당신에 대한 내 사랑의 첫 아침이었어! 그리고 우크라이나풍 셔츠 속으로 보이던 당신의 어깨, 그리고 당신이 '절벽'을 읽었을 때의 머리 숙임, 그 때 난 중얼거렸지 '나딸리, 나딸리!'."

"그래요, 그래."

"그리고 당신은 무도회에서, 그렇게 연약하고 여자다움을 풍기는 그 무시무시한 아름다움 속에서⋯⋯. 난 그 날 밤 내 사랑과 파멸의 환희 속에서 진정 죽고 싶었소! 그 후엔 손에 양초를 든 당신, 그리고 상복을 입고 있는 당신 모습의 청순함, 당신 얼굴 때문에 그 양초가 성스러워졌다고 생각했었소."

"이제 이렇게 당신과 나는 함께 있고, 그리고 이제 영원히 함께할 거예요. 우리는 가끔씩만 만나게 될 테지만 말이에요. 과연 저는 모든 사람들에게는 정부로 보일 것이 분명한 당신의 비밀스런 아내가 될 수 있을까요?"

하지만 12월, 그녀는 제네프스꼬예 호숫가에서 조산 중에 삶을 끝마치고 말았다.

일사병

점심 식사 후 그들은 휘황한 불빛 아래 열기로 가득한 식당을 빠져 나와 갑판으로 향했다. 그녀는 살며시 눈을 감고, 손등을 뺨에 대고는 매력적인 웃음을 웃으며 말했다.

"저 취한 것 같아요……. 당신은 어디서부터 일을 꾸민 거죠. 세 시간 전만 해도 난 당신의 존재에 대해 생각조차 못했어요. 당신이 어디 출신인지도 모르구요. 사마라가 고향이신가요? 하긴 아니면 어때요……. 내 머리가 도는 건가요? 아니면 우리가 지금 돌고 있는 건가요?"

앞쪽에는 어둠 속에 불빛이 펼쳐져 있었다. 어둠 속에서 세차지만 부드러운 바람이 얼굴을 스쳐 지나고 불빛은 어딘가 저편을 향하고 있었다. 볼가 강을 오가는 세련된 기선은 작은 부두로 다가가며 수면에 넓은 타원형 물결을 그려 내고 있었다.

중위는 그녀의 손을 잡아 살며시 입술로 가져갔다. 작지만 야무진 손에선 태양에 그을은 냄새가 났다. 언뜻, 중위는 그녀의 날씬한 각선미를 훔쳐 보고는 남녘의 태양 아래 그을렸을 원피스 속 까무잡잡한 피부를 상상하며 설렘으로 충만되어 가고 있었다. 그녀는 아나빠에서 오는 길이라 했었다. 중위는 중얼거렸다.

"내립시다……."

"어디로요?"

그녀가 놀라 물었다.

"이 항구로요."

"왜요?"

그는 잠시 말이 없었다. 그녀는 다시 손등을 뺨에 올려놓았다.

"무모한 짓이에요……."

"내립시다."

그는 낮은 목소리로 반복했다.

"부탁이오……."

"그럼, 좋을 대로 하세요."

그녀는 돌아서며 말했다.

부산히 움직이던 기선은 선착장에 가볍게 부딪히는 소리를

일사병

내며 배를 흔들어 그들의 몸이 서로 맞부딪히게 했다. 공중으로 로프가 날았고, 기선의 요동이 멈춰졌다. 소음과 함께 물이 뒤끓어 올랐고, 잔교가 선착장에 내려지기 시작했다······. 중위는 짐을 챙기기 위해 돌아섰다.

얼마 후, 그들은 기선 정박소를 빠져 나와 대기중인 먼지로 뒤덮인 4륜마차 위에 올랐다. 간간이 보이는 가로등 사이, 먼지가 쌓여 부드러워진 길을 따라 산으로 오르는 비탈길은 끝이 없어 보였다. 그러나 마침내 산에 올랐고, 다리를 따라 흔들거리기 시작했으며 낯선 광장, 망루, 열기, 그리고 소도시의 여름밤 냄새가 풍겨 왔다······. 마부는 불빛이 환한 현관 근처에 멈춰 섰다. 열린 현관문 뒤로 낡은 나무 계단이 위로 나 있었고, 장밋빛 셔츠와 프록코트 차림의 텁수룩한 수염을 한 늙은 사환이 거친 걸음으로 짐들을 들고 앞장서 갔다. 그들은 넓지만 한낮의 무더위로 후텁지근해진 방으로 들어섰다. 창문에는 흰 커튼이 드리워져 있었고, 거울 앞에는 타지 않은 두 개의 양초가 꽂혀 있었다. 늙은 사환이 문을 닫고 나가자마자, 중위는 그녀를 안고 쓰러졌고, 그들은 열정적인 키스 속으로 빠져 들었다. 그것은 무엇으로도 설명할 수 없는 폭발적인 격정이었다.

덥지만 밝은 태양이 빛나는 행복한 아침 9시, 교회 종소리와 호텔 앞 시장의 소음과 건초와 타르 냄새, 그리고 러시아 소도시가 풍기는 아련한 냄새보다 더 진한 향기와 함께 그녀는 떠나갔다. 자그마한 이름 없는 여자, 자신을 아름다운 미지의 여자라 말했던 이름을 밝히지 않은 그녀는 떠나갔다. 그들은 조금밖에 자지 못했으나, 아침에 5분 만에 세수를 마치고 병풍 뒤에서 옷을 입고 나온 그녀의 모습은 열일곱 살 소녀처럼 싱싱하기만 했다. 그녀는 그 때 당황해했던가? 아니다, 전혀 그렇지 않았다. 이전처럼 그녀는 순수했고, 명랑했다. 그러나 신중해져 있었다.

"아니에요, 아니에요."

계속 함께 가자는 그의 부탁에 그녀는 그렇게 대답했다.

"당신은 다음 배가 올 때까지 여기 남아 계셔야 해요. 만약 우리가 함께 가게 된다면 모든 걸 망쳐 버리게 될 거예요. 그렇게 되면 제가 매우 불쾌해질 거구요. 솔직히 말씀드리면, 전 당신이 생각하는 그런 여자가 절대 아니에요. 어제 있었던 그런 일은 비슷한 일조차 한 번도 없었고, 앞으로도 없을 거예요. 분명 내 머리가 어떻게 됐었나 봐요……. 아니면, 우리 둘 다 일사병 같은 것에 걸렸던 건 아닐까요. 그래요, 이게 맞는 표현인 것 같아요. 일사병에 걸렸던 거죠……."

중위는 그저 그렇게 순순히 그녀에게 동의했다. 가볍고 행복한 기분으로 그는 그녀를 선착장까지 배웅했다. 꿈 같은 기선이 떠나려는 순간, 그들은 모든 사람이 보는 앞에서 키스를 했고, 이미 서서히 움직이고 있던 잔교에서 그는 겨우 뛰어내릴 수 있었다.

그는 그렇게 쉽게 아무런 느낌 없이 호텔로 돌아왔다. 그러나 이미 뭔가가 달라져 있었다. 그녀가 떠난 방은 그녀가 있었을 때와 무언가 많이 달라 보였다. 여름날 꿈결처럼 다가왔고, 꿈결처럼 떠나 버린 그녀는 그를 가득 채우고 있었고 그는 텅 비어 버렸다. 이건 정말 이상한 일이었다! 아직도 그녀의 영국제 오데콜로뉴 냄새가 풍겼고, 쟁반 위에는 그녀가 미처 마시지 않은 찻잔이 놓여 있었다. 그러나 그녀는 없었다……. 중위의 가슴은 아련함으로 죄어들었고, 서둘러 담배를 피워 문 그는 방 안을 서성거렸다.

"이상한 로맨스야!"

그는 허탈한 웃음과 동시에 눈에 눈물이 고여 옴을 느끼며 소리내 말했다.

'솔직히 말하지만, 전 당신이 생각하는 그런 여자가 절대 아니에요…….'

그리고는 떠나갔다…….

병풍은 밀쳐져 있었고, 침대 또한 헝클어져 있었다. 그는 지금 이 침대를 바라볼 힘이 없음을 느꼈다. 그는 병풍으로 침대를 가려 버렸고, 시장에서 들려 오는 소음과 바퀴의 삐걱거리는 소리에 주의를 빼앗기지 않으려 창문을 닫고 주름잡힌 흰 커튼을 내린 후 소파에 앉았다……. 그래, 이제 이 여행길 로맨스는 끝났다. 그녀는 떠나갔다. 그녀는 지금 이미 먼 곳에 있고, 기선의 하얀 창가에 앉아 태양 아래 강 위를 떠내려가는 뗏목들과 강가의 마을, 반짝이는 수면, 하늘, 이 모든 볼가 강의 공간들을 바라보고 있을 것이다……. 용서해라. 이제, 영원히, 영원히……, 우리는 만날 수 없단 말인가? 그럴 수는 없는 일이라 생각했다.

'난 무슨 일이 있어도 그녀의 남편과 세 살바기 딸아이가 있는 그 도시로 갈 수는 없다. 그녀의 가족과 평범한 그녀의 삶이 있는 그 곳으로!……'

그런 생각을 하고 나자 그에게는 그 도시가 어떤 특별한 금단의 구역처럼 여겨졌다. 어쩌면 자주 그녀는 그를 회상하며, 그들의 우연한 만남을 회상하며 평범한 자신의 삶을 살아갈 것이다. 그러나 이제 더 이상 그녀를 만날 수 없다는 생각이 들자 그는 괴로움에 젖어들었다. 아니야, 그럴 수는 없어! 그는 돌연 그녀 없는 자신의 삶이 무의미하게 느껴졌고, 공포와 절망감에 빠져 들었다.

'제기랄!' 그는 일어나 병풍 뒤의 침대를 바라보지 않으려 애쓰며 다시 방 안을 서성거렸다. '도대체 내게 무슨 일이 일어난 거야! 그녀에게 어떤 특별한 무엇이라도 있었단 말인가? 정말로 이건 일사병 같은 것인가! 그러나 이제 그녀 없이 어떻게 이런 벽지에서 하루를 보낸다지?'

그는 아직도 그녀의 모든 것을, 모든 세세한 특징들을 기억했다. 그녀의 햇빛에 그을은 피부와 원피스, 야무진 몸매 그리고 명랑한 목소리를 기억했다……. 얼마 전에 경험한 그녀의 육체적 매력과 유희의 느낌은 아직도 그의 가슴속에서 생생하고 특별했다. 하지만 지금 그에게 가장 중요한 것은 완전히 새로운 어떤 낯선 느낌이었다. 이상한 이해할 수 없는 느낌, 그녀와 함께 있었을 때, 그리고 그가 어제 흥미로운 만남을 계획하고 있었을 때 전혀 예감치 못했던 그런 느낌이 일기 시작했다.

'그런데 중요한 건,' 그는 생각했다. '중요한 건 이제 그녀와 다시는 이야기할 수 없다는 것이다! 그럼 어떻게 할 것인가. 이 기억들을 가지고, 이 해결할 수 없는 고통을 가지고 어떻게 이 곳에서 하루를 보낸단 말인가!'

무엇에라도 정신 없이 빠져 들든지, 어디로든 가서 구원을 받아야 했다. 그는 모자를 쓰고, 승마용 채찍을 들고 텅 빈 복도를 날듯이 지나 가파른 계단을 따라 현관으로 내려갔다……. 그러나 어디로 간단 말인가? 현관 근처에 마부가 서 있다. 반코트 차림의 젊은 그는 한가롭게 담배를 피우고 있었다. 중위는 그의 마차를 지나쳐 시장으로 향했다.

시장은 벌써 파장 무렵이었다. 그는 죽 늘어선 손수레 사이를 따라 걸었다. 수레 위에는 오이, 사과 등의 야채나 과일이 가지런히 놓여 있었고, 그 옆 땅바닥에 쭈그려 앉아 물건을 파는 아낙네들은 이따금씩 그를 불러 양손 가득 콩을 움켜쥐고는 그것이 얼마나 좋은지 큰 소리로 수다를 늘어놓았다. 사내들 역시 그에게 큰 소리로 외쳐 댔다.

"여기 일등품 사과가 있습니다, 여기 일등품 오이가 있어요, 대위님!"

이쯤 되자 그는 서둘러 시장을 벗어났다. 그는 크고 명랑한 노랫소리가 흘러나오는 사원으로 향했다. 그리고는 그 곳을 나온 뒤 다시 오랫동안 돌아다녔고, 산자락에 있는 작고 무더운 공원 주위를 맴돌았다……. 그의 여름 제복 멜빵과 단추들은 열기에 달아올라 만질 수조차 없을 지경이었다. 모자테 안쪽은 땀에 흥건히 젖어들었고, 얼굴은 불타올랐다……. 호텔로 돌아온 그는 아래층에 있는 텅 비고 서늘한 식당으로 들어가 바깥의 후끈거리는 열기가 이따금씩 들어오지만, 그래도 바람이 통하는 창가에 앉아 차가운 수프를 주문했다……. 모든 것이 좋았었고, 모든 것 속에 측정할 수 없는 행복과 기쁨이 있었다. 심지어 이 폭염과 시장의 소음과 악취조차도 말이다. 단지 이 낯선 작은 도시 낡은 현립 호텔 속에 그녀가 있었다는 것만으로…….

그는 짜지 않은 오이 피클과 함께 몇 잔의 보드카를 마셨고, 그가 그녀를 열정적으로 사랑하고 있다는 것을 무엇으로든, 누구에게든 증명하고 싶었다……. 그러나 무엇 때문에 증명하려는 것인가? 그 자신 스스로도 그 이유를 알 수 없었지만, 그래도 이것은 그에게 있어 가장 절실한 것이 되고 말았다.

"완전히 정신이 나갔어!"

그는 다섯 번째 잔에 보드카를 따르며 말했다.

그는 냉수프를 밀어 놓고, 블랙커피를 주문하고는 담배를 피워 물고 점점 더 생각에 몰두했다. '이제 어떻게 해야 할 것인가. 어떻게 이 갑작스럽고 돌발적인 사랑에서 벗어날 수 있을 것인가?' 그러나 그는 벗어날 수 없음을 생생히 느끼고 있었다.

　그는 갑자기 자리를 박차고 일어나서는 우체국이 어디에 있는지를 묻고, 머릿속으로는 전보에 써 넣을 글귀를 준비하며 그 곳으로 향했다.

　'이제부터 나의 삶은 영원히, 관 속에 묻힐 때까지 당신의 것입니다.' 그러나 전신소와 우체국이 있는 건물 앞까지 온 그는 두려움 속에 발을 멈추었다. 그는 그녀가 사는 도시를 알고 있었고, 그녀에게 남편과 세 살바기 딸이 있음을 알고 있었으나, 그녀의 성도 이름도 알지 못했던 것이다! 그는 이것에 대해 몇 번이나 점심 식사를 할 때, 그리고 호텔에서도 물어 보았지만 그녀는 매번 웃으며 말했다.

　"무엇 때문에 당신은 내가 누구이고, 내 이름이 무엇인지 알 필요가 있는 거죠?"

　문득 그런 생각을 하며 고개를 돌린 그는, 우체국 옆 사진관에 있는 사진 진열대에 눈길을 멈추었다. 그는 두꺼운 자수가 있는 견장을 단, 선명한 눈동자와 낮은 이마, 멋진 볼수염과 훈장을 빽빽이 장식한 넓은 가슴을 가진 어떤 군인의 사진을 오랫동안 바라보았다. 마음이 감상적일 때는 일상의 모든 것이 낯설게 보인다. 그리하여 그는 지금 일사병과 너무도 큰 사랑과 너무도 큰 행복에 포로가 된 낯선 자신을 발견했다. 그는 긴 프록코트에 흰 넥타이를 매고 면사포를 쓴 신부와 팔장을 끼고 있는 신혼 부부의 사진을 바라보았다.

　그는 고개를 들고 먼 하늘을 올려다보았다.

　'어디로 갈 것인가? 무엇을 할 것인가?'

길은 완전히 텅 비어 있었다. 거리 양쪽으로 늘어선 집들
은 한결같았다. 흰색의 이층 집들……. 먼 곳의 길은 지리하
게 늘어져 있었고, 그 곳엔 세바스또뽈, 께르치…… 아나빠
(해안에 위치한 러시아의 작은 남부 도시들. 역주)를 연상케 하
는 남쪽의 무언가가 느껴졌다. 그는 남쪽에 대한 느낌이 들
자 고개를 흔들고는 되돌아 걷기 시작했다.

그는 뚜르께스탄이나 사하라에서 강행군을 한 것처럼 온통
피곤함에 휩싸인 채 호텔로 돌아왔다. 그는 자신의 크고 텅
빈 방으로 들어섰다. 방은 말끔히 치워져 있었고, 그녀의 마
지막 흔적도 사라져 버렸다. 단지 그녀가 떨어뜨린 머리핀
하나만이 탁자 위에 놓여 있었다. 그는 제복을 벗고 거울 속
의 자신을 바라보았다. 햇빛에 그은 평범하기만 한 얼굴, 그
러나 푸른빛이 감도는 회색빛 눈동자 속에는 어두운 그림자
가 드리워져 있었다. 그는 침대에 누워 먼지투성이 장화를
보습판 위에 내려놓았다. 창문은 열려 있었고, 이따금씩 바
깥의 후텁지근한 더운 바람이 커튼 사이로 흘러 들어왔다.
그는 팔베개를 한 채 잠의 나락으로 빠져 들었다…….

그가 눈을 떴을 때는 이미 커튼 뒤로 불그스름한 석양빛이
피어 오르고 있었다. 바람은 이제 완전히 잦아들었고, 방 안
은 무덥고 건조하기만 했다. 그는 얼굴에 흐르는 땀을 훔쳐
냈다. 어제와 오늘 아침에 있었던 일이 마치 10년 전에 있었
던 일처럼 아득하게만 느껴졌다.

그는 천천히 일어나 세수를 하고 커튼을 걷었다. 그리고는

차와 계산서를 주문하고는 오랫동안 레몬을 넣은 차를 마셨
다. 그리고는 마부를 불러 짐을 들고 내려갈 것을 지시했고,
4륜마차에 올랐다.

"대위님, 제가 나릿님을 어젯밤에 모셨던 것 같은데요!"

마부가 고삐를 잡아당기며 명랑하게 말했다.

선착장으로 내려왔을 때는 이미 볼가 강 위로 푸른 여름밤
이 펼쳐져 있었고, 여러 빛깔의 불빛이 강을 따라 빛나고 있
었다. 그 불빛들은 강줄기를 거스르는 기선들의 돛대에 매달
려 있었다.

"정확히 정시에 도착했습니다!"

마부가 아첨 섞인 목소리로 말했다.

중위는 그에게 웃돈을 얹어 주고, 표를 사서 기선으로 향
했다…… . 마치 어젯밤처럼 선착장에 배 부딪히는 소리가
났고, 그것의 진동으로 가벼운 두통이 일었으며, 기선의 바
퀴 밑에서 물 끓어 오르는 소리가 들렸다…… .

얼마 후, 기선은 아침에 그녀를 싣고 떠났던 그 곳을 향해
출발했다.

어두운 석양은 앞쪽 먼 곳에서 사그라들었고, 졸리운 모습
으로, 여러 가지 빛깔로 강의 표면에 비쳐져 잔물결의 일렁
임과 함께 어딘가로 헤엄쳐 갔다.

중위는 갑판의 차양 아래 앉아 있었다.

일사병에서 깨어난 그는, 자신이 10년은 늙어 버린 것처
럼 느껴졌다.

부닌

파리에서

그가 중절모를 쓰고 길을 걷거나 전철을 타고 있을 때, 마른 편이지만 깔끔하게 면도한 얼굴과 긴 방수 코트를 걸친 곧은 자세로 미루어 보아 그를 40이상이라고 생각하기는 힘들었다. 단지 그가 무언가를 응시할 때 풀린 초점과 말하고 행동할 때의 모양새로 보아 인생에서 많은 것을 경험한 사람임을 알 수 있을 뿐이었다. 한때 그가 프로방스(프랑스의 남부)에서 농장을 경영했을 때, 그는 신랄한 프로방스의 농담들을 지겹도록 들어온 덕에 파리에서도 언제나 간결한 자신의 말에 가끔씩 비웃음과 함께 그 농담들을 끼워 넣는 것을 좋아했다. 많은 사람들은 꼰스딴티노플에서 오래 전 그의 아내가 그를 버렸다는 사실과 그가 아직 그 아픈 상처를 잊지 못하고 있다는 것을 알고 있었다. 그는 한 번도 누구에게든 이 상처의 비밀을 열지 않았지만 가끔씩 자신도 모르게 그것에 대한 암시적인 말을 하곤 했다. 어쩌다 여자들에 대한 대화가 시작되면 그는 불쾌한 표정을 지으며 불어로 농담을 하곤 했다.

"좋은 수박과 정숙한 여자를 고르는 것보다 더 어려운 것은 없지요."

늦가을 축축한 파리의 어느 날 저녁, 그는 빠씨 거리 근처의 어두운 골목에 있는 크지 않은 러시아 식당으로 향했다. 식당의 앞쪽에는 식료품을 파는 가게가 있었다. 진열대 안에는 향기나는 풀과 마가목 열매를 넣어 담근 보드카가 들어 있는 장밋빛 원추형 병과 튀긴 만두가 든 음식, 그리고 윤기 없는 크로켓으로 만든 음식과 벌꿀을 넣어 만든 터키식 과자, 훈제한 물고기 등이 진열되어 있었다. 그는 그 진열대 앞에 아무 생각 없이 멈춰 섰다. 더 멀리로는 군것질거리들이 놓여 있는 판매대가 놓여 있었고 판매대 뒤에는 험한 인상의 주인 여자가 보였다. 환한 상점 안의 빛에 끌려 그는 안으로 들어가 주인 여자에게 인사를 하고 상점과 인접한 텅 빈 홀 안으로 들어갔다. 그는 천천히 자신의 회색 중절모와 긴 외투를 벗어 옷걸이에 걸었고, 구석진 탁자에 앉아 옅은 갈색 털이 나 있는 손을 부산하게 문지르며 메뉴판을 읽기 시작했다. 그가 막 서너번째 요리 이름을 읽기 시작했을 때 갑자기 그의 탁자에 환한 조명이 들어왔고, 가운데 가리마를 탄 검은 원피스에 수가 놓인 하얀 앞치마를 두른 서른 살 정도의 여자가 너무도 정중하게 다가왔다.

"봉수아, 므시외."

그녀는 호감 가는 목소리로 인사했다.

그녀가 너무도 예뻐 보였기 때문에 그는 당황하며 어색하게 말했다.

"봉수아……, 러시아 인 아니세요?"

"러시아 인이에요. 실례했습니다. 손님들과 불어로 얘기하는 습관이 생겨서요."

"프랑스 손님이 많이 옵니까?"

"꽤 많아요. 그리고 모두들 꼭 향모로 담근 보드카, 블린, 그리고 심지어 보르쉬(고기, 양배추 수프. 역주)까지 그게 뭐냐고 물어 보죠. 손님은, 주문하실 걸 고르셨나요?"

"아니오, 너무 많아서……, 그럼 직접 뭐든 권해 주시죠."

그녀는 암송하듯 음식을 열거하기 시작했다.

"오늘은 해물을 넣은 양배추 수프와 까자끄식 크로켓……. 아니면 송아지 커틀릿이나, 만약 원하신다면 까르스식 꼬치구이 고기……."

"멋지군요. 그럼, 양배추 수프와 크로켓을 주세요."

그녀는 허리에 걸린 메모지를 들어 연필로 적기 시작했다. 그녀의 손은 매우 하얗고 우아해 보였으며 입고 있는 옷도 매우 좋은 것이었다.

"술 하시겠어요?"

"좋죠. 밖엔 습기가 끔찍할 정도예요."

"안주는 뭘 주문하시겠어요? 도나우 강에서 잡은 아주 싱싱한 정어리와 얼마 전에 받은 붉은 생선알, 짜지 않은 오이 피클이 있는데요…….."

그는 다시 그녀를 바라보았다. 검은 원피스 위에 걸친 수가 놓인 하얀 앞치마는 정말 아름답게 보였다. 그리고 그 앞치마 아래 젊은 가슴은 아름답게 돋보이고……. 화장기 없는 싱그러운 입술과 머리 위로 그저 한번 돌려감아 땋은 검은 머리 그리고 잘 가꾼 하얀 피부와 장밋빛으로 빛나는 손톱의 메니큐어…….

"안주로는 무엇을 하냐면……?"

그는 미소 지으며 말했다.

"만약 괜찮다면 뜨거운 감자를 곁들인 정어리만 하겠어요."

"포도주는 어떤 걸로 드릴까요?"

"붉은 걸로 주세요. 보통 걸로, 여기서 늘 주문하는 걸로."

그녀는 메모지에 표시를 하고 옆 테이블에서 그의 테이블로 물이 든 목이 긴 유리병을 옮겨 놓았다. 그는 머리를 저었다.

"아니에요, 고맙습니다만. 포도주는 절대 물과 함께 마시

· · ·

지 않습니다.”

그리고는 그는 불어로 말하기 시작했다.

“마치 수레가 길을 망치고, 여자가 영혼을 망치듯 물은 포도주를 망치죠.”

“당신은 저희 여자들에 대해 아주 좋은 견해를 가지고 계시는군요!”

그녀는 냉담하게 대답하고는 보드카와 정어리를 가지러 갔다. 그는 그녀의 뒷모습을 바라보았다. 그녀는 정말 부드럽게 움직였고 걸음걸이에 맞춰 그녀의 검은 원피스 또한 부드럽게 흔들렸다……. 그리고 그는 생각에 잠겼다. 그래 공손함과 냉정함을 갖춘 일하는 사람들의 모습은 아름답다. 그런데 저 비싼 구두는 어디서 났을까? 혹, 나이 많은 애인이 선물한 것은 아닐까? 그는 오랜만에 그녀 덕택에 생기 있는 저녁을 맞게 되었다. 그러나 그의 마지막 생각이 불안감을 불러일으켰다. 그렇다. 매년 낮이고 밤이고 비밀스레 단 한 가지만을 기다린다. 행복한 사랑의 만남. 그리고 진정 이 만남의 기대 속에서 산다. 하지만 모두 부질없다…….

다음 날 그는 또 이 식당으로 왔고 그 자리에 앉았다. 그녀는 매우 바쁘게 움직였다. 두 명의 프랑스 인에게서 주문을 받고는 메모지에 표시하며 소리내어 반복했다.

“붉은 생선알, 샐러드……, 구운 꼬치 고기 둘…….”

그리고는 주방에서 되돌아와 오랫동안 알고 지낸 사람에게 보내듯 가벼운 미소를 지으며 그에게 다가왔다.

· · ·
파리에서

“좋은 저녁이죠. 당신께 저희 식당이 마음에 들어서 기뻐요.”

그는 유쾌하게 몸을 일으켰다.

“안녕하세요. 매우 마음에 들었습니다. 그런데 당신을 어떻게 부르도록 분부하시겠습니까?”

“올가 알렉산드로브나예요. 당신은요, 성함을 여쭤 봐도 될까요?”

“니꼴라이 쁠라또느이치라고 합니다.”

그들은 악수를 했고, 그녀는 메모지를 들었다.

“오늘은 정말 맛있는 절인 오이를 넣은 고기 수프가 준비돼 있어요. 저희 요리사는 정말 뛰어나죠. 위대한 대공 알렉산드로 미하일로비치의 요트에서 일했었거든요.”

“대단하군요. 오이 넣은 고기 수프, 고기 수프라……. 그런데 당신은 여기서 일하신 지 오래 되셨습니까?”

“석 달째예요.”

“그럼 그 전엔 어디서?”

“옛날엔 쁘렝땅 백화점에서 일했어요.”

“아, 인원 감축 때문에 일자리를 잃으셨군요?”

“네, 제 마음대로라면 나오지 않았겠죠.”

그는, 그렇다면 구두는 애인이 선물한 것이 아니라는 생각에 미치자 기뻤다. 그 백화점에서 일을 했다면 저 정도의 고급 구두는 쉽게 살 수 있을 법한 일이었다. 그는 물었다.

“결혼하셨습니까?”

· · ·

부닌

“네.”

“그럼 부군께서는 무얼 하시나요?”

“유고슬라비아에서 일해요. 백군 참전용사였어요. 당신도 아마 그러신 것 같은데요?”

“네, 2차 세계 대전과 시민 전쟁에 참가했었죠.”

“네, 저도 그렇게 짐작했어요. 그리고 분명히 장군이셨을 것 같아요.” 그녀는 미소 지으며 말했다.

“전직 장군이었죠. 지금은 여러 외국 출판사의 청탁으로 그 전쟁의 역사에 대한 글을 쓰고 있습니다……. 그런데 어떻게 혼자 계시죠?”

“그냥 이렇게 혼자예요.”

그리고 세 번째 저녁 만남에서 그는 이렇게 물었다.

“영화 좋아하세요?”

그녀는 테이블에 고기를 넣은 양배추 수프가 담긴 접시를 내려놓으며 대답했다.

“가끔 재미있는 영화들이 있긴 하지요.”

“지금 에또일 극장에서 대단하다고들 하는 영화가 상영중이에요. 원하신다면 같이 가서 보고 싶은데요? 당신에게도 물론 휴일은 있겠죠?”

“고맙습니다, 전 월요일마다 쉬어요.”

“그럼 월요일날 가면 되겠네요. 오늘이 무슨 요일이죠? 토요일이죠? 그러니까 내일 모레, 어때요?”

“좋아요. 그러면 내일은 분명히 안 오시겠네요?”

· · ·

파리에서

"네, 교외에 있는 친구에게 갑니다. 그런데 왜 물어 보시는 거죠?"

"모르겠어요……. 이상한 일인데요, 전 벌써 당신에게 익숙해진 것 같아요."

그는 고마움에 찬 시선으로 그녀를 바라보며 얼굴을 붉혔다.

"저도 당신에게 익숙해졌습니다. 세상에는 행복한 만남들이 얼마나 드문지……."

그리고는 서둘러 화제를 돌렸다.

"그러면 모레군요. 그런데 어디서 만나죠? 어디 사세요?"

"모떼 — 삐스뀌뜨 전철역 근처예요."

"정말 편하게 됐군요. 에또일로 가는 바로 그 선이잖아요. 그 곳 전철역 출구 앞에서 제가 정확히 8시 반에 기다릴게요."

"고맙습니다."

그녀는 장난기어린 표정으로 고개를 숙여 보였다.

"제가 당신께 고맙습니다."

그는 불어로 답하고는 아이가 있는지를 알아 내기 위해 자연스럽게 물었다.

"아이들은 재워 놓고, 그리고 오세요."

"다행스럽게 그런 행운이 제게는 없어요."

그녀는 그렇게 말하고는 접시들을 치웠다.

그는 집으로 돌아오며 흥분과 우울에 젖어 있었다. '전 벌써 당신께 익숙해졌나 봐요……' 그래, 어쩌면 이게 그렇게도 오랫동안 기다려 왔던 행복한 만남일 거야. 단지 늦었을 뿐이지 그래, 너무 늦었어. 동정심 많은 신은 언제나 필요 없어졌을 때에만 필요했던 물건을 주지…….

월요일 저녁에는 비가 왔고, 파리를 뒤덮은 우울한 하늘은 희미하게 붉어졌다. 몽빠르나스에서 그녀와 함께 저녁 먹기를 기대하면서 그는 식사를 하지 않았고, 카페에 들러 간단하게 햄 넣은 샌드위치와 맥주를 한 컵 마시고는 택시를 잡았다. 전철역 근처에 택시를 세워 놓고 그는 비가 내리는 거리로 나섰다. 뚱뚱한 운전사는 묵묵히 그를 쳐다보고는 그를 기다렸다. 전철역으로부터 증기탕에서처럼 후끈한 바람이 불어 왔고, 계단을 따라 사람들이 빽빽이 올라와 우산을 펴들었으며 신문팔이는 석간 신문의 이름들을 소리쳐 불러 대고 있었다. 문득 사람들의 무리 속에 그녀가 보였다. 그는 기쁘게 그녀를 맞으러 달려갔다.

"올가 알렉산드로브나!……."

보기 좋게 유행에 맞춰 차려입은 그녀는 식당에서와는 달리 자유롭게 행동했다. 그녀는 검게 화장한 눈을 그를 향해 올려뜨고는 부드러운 움직임으로 우산 잡은 손을 그에게 내주었고, 다른 손으로는 긴 드레스의 치맛자락을 잡았다. 그는 점점 더 마음속으로 기뻐했다. '드레스, 그러니까 그녀 또한 영화를 보고 난 후 어디든 갈 것이라는 걸 생각하고 있구나.' 그는 그녀의 장갑 끝을 벗기고는 하얀 손에 입맞추었다.

"가엾어라, 오래 기다리셨어요?"

"아니에요, 저도 방금 왔어요. 빨리 택시로 갑시다……."

그리고는 오랫동안 느껴 보지 못했던 흥분 속에 축축한 양복지 냄새를 풍기는 택시 안으로 들어갔다. 회전할 때 택시는 심하게 흔들렸고, 그 때 순간적으로 가로등이 그녀의 모습을 비추었다. 그는 뜻하지 않게 그녀의 허리를 잡았다. 그리고 그녀의 뺨에서 풍기는 화장품 냄새를 느끼며, 드레스 아래로 드러난 무릎과 빨갛게 칠한 입술을 보았다. 그는 전혀 다른 여자가 그의 옆에 앉아 있는 기분이었다.

스크린에서는 세로로 잘린 비행기가 지직대는 소리를 내며 비스듬히 날아올랐다가는 구름 속으로 떨어져 반짝였고, 그들은 그 하얀 화면의 빛 속에 조용히 대화를 나누었다.

"당신은 혼자 사십니까, 아니면 친구와 함께 사십니까?"

"혼자요, 사실 정말 끔찍해요. 호텔은 작지만 깨끗하고 따뜻하죠. 그러나 밤이든 새벽이든 여자를 데리고 드나들 수 있는 곳이지요……. 6층인데 엘리베이터는 물론 없고, 계단에 깔린 양탄자는 4층에서 끊기고……. 밤에 비라도 오면 끔찍한 우울이에요……. 창문을 열면 아무 데도 사람은 없고, 완전히 죽은 도시 같아요. 저 아래 빗속 어딘가에 가로등 하나라도 있다는 걸 신이나 알까요……. 당신도 독신이시니까 물론 호텔에 사시겠죠?"

"제겐 빠씨에 크지 않은 아파트가 하나 있습니다. 저도 혼자 살죠. 오래 전에 파리 사람이 되어 버렸습니다. 한때는 프로방스에 살면서 농장을 빌려, 모든 사람들로부터, 모든 것으로부터 도망쳐 제 손으로 제 힘으로 살려고 했었죠. 그런데 그 노동을 견뎌 내지 못했습니다. 도와 줄 사람으로 까자끄 사람 한 명을 구했는데 알고 보니 지독한 술주정뱅이였어요. 술에 취하면 끔찍한 사람으로 변해서 닭과 토끼를 죽이고, 노새도 죽이고, 하루는 저도 물어 죽이려 했었다니까요. 정말 끔찍했었습니다. 그리고 제게 중요한 문제는 고독입니다. 아내는 오래 전에 저를 콘스딴띠노플에서 버렸거든요."

"농담하시는 건가요?"

"아니오. 지극히 평범한 스토리죠. 사랑으로 결혼한 사람은 멋진 밤과 끔찍한 낮을 갖게 된다고 하지 않습니까. 그런데 제겐 이것도 저것도 아니었죠. 그녀는 결혼 2년 만에 저를 버렸으니까요."

"그럼 지금 그녀는 어디에 있나요?"

"몰라요……."

그녀는 오랫동안 말이 없었다. 스크린에는 커다란 찢어진 장화를 신고 중산모를 삐뚜름하게 쓴 채플린을 모방한 듯한 배우가 바보처럼 뛰어다니고 있었다.

"그래요, 당신은 정말 외로우시겠어요."

그녀가 말했다.

"네, 그래도 뭐 어쩌겠습니까, 참아야죠. 인내는 가난한

자들의 치료약이라고 하지 않습니까.”

“정말 우울한 치료약이네요.”

“그래요, 유쾌하진 않죠. 얼마나 그랬으면…….”

그는 웃으면서 말을 이었다.

“심지어 가끔씩 ‘삽화를 넣은 러시아’라는 잡지를 보기조차 합니다. 아시는지 모르겠지만 그 잡지엔 구혼이나 구애의 공고 비슷한 것을 싣는 난이 있어요. 이렇게 말이죠. ‘라트비아에서 온 러시아 아가씨가 마음씨 좋은 러시아 태생의 파리 시민과 펜팔을 원합니다. 펜팔을 시작하기에 앞서 사진을 보내 주시기 바랍니다……. 신중한 부인, 갈색머리, 세련되진 않았지만 호감 가는 외모, 9살 난 아들이 있는 과부, 진지한 목적으로 40살 이상의 착실한 시민과 교제 원함. 물질적으로 문제가 없는 운전 기사 직업이나 다른 직업을 가지고 있으며 가족의 평안을 좋아하는 사람. 고등 교육은 필수적이지 않음…….’ 광고를 낸 그 여자가 충분히 이해가 가요. 필수적이지 않다…….”

“그래도 당신에겐 친구들과 지기들이 있을 거 아니에요?”

“친구들은 없어요. 그리고 사람 사귀는 건 나쁜 위안이구요.”

“그럼 집안일은 누가 돌보나요?”

“집안일은 별 거 없습니다. 커피는 제가 직접 끓이고, 아침도 제 손으로 해 먹어요. 그리고 저녁 무렵 파출부가 오죠.”

"가엾어라."

그녀는 그의 손을 잡으며 말했다.

그리고 그들은 오랫동안 그렇게 손을 맞잡고 하나됨을 느끼면서 뒤쪽 벽에 붙은 영사실에서 그들의 머리 위로 뿌옇고 푸르스름한 줄을 쏘아 보내는 스크린을 바라보는 척하며 앉아 있었다. 공포로 채플린을 흉내내는 배우의 중산모가 전신주로 미친 듯이 날아올랐다. 담배 연기로 가득 찬 극장 안이 박장대소로 들끓었다. 그들은 2층 관람석에 앉아 있었고, 웃음 소리와 박수갈채 속에 그는 그녀에게로 몸을 숙였다.

"저기, 몽빠르나스에 있는 어디든 갑시다. 여긴 정말 지루하고, 숨쉴 수가 없군요……."

그녀는 머리를 끄덕이며 장갑을 끼기 시작했다.

그들은 다시 반쯤 어두워진 택시에 앉았고, 빗물로 반짝이는 유리창과 가로등 불빛과 저 높은 깜깜한 곳으로부터 흘러 내리는 광고판의 수은등 불빛이 여러 가지 빛으로 다이아몬드처럼 반짝이는 것을 바라보았다. 그는 그녀 손의 장갑을 벗겨 내고 손등에 입맞추었고, 그녀는 사랑스럽고 우울한 빛으로 그를 응시했다.

꼬뽈르 카페에서 그들은 굴과 앙주 산 포도주로 시작했고, 그 다음엔 새요리와 보르도 산 붉은 포도주를 주문했다. 카페에서 그들은 노란 샤르트루즈(향기 있는 리큐르 이름. 역주)로 둘 다 가볍게 취했다. 그들은 담배를 많이 피웠고, 재떨이에는 그녀의 빨간 입술 자국이 묻은 담배 꽁초들이 가득

했다. 그는 대화 도중 그녀의 달아오른 얼굴을 바라보며 그
녀가 정말 미인이라고 생각했다.

"솔직하게 말씀해 주세요."

그녀는 혀끝에서 거의 꽁초가 되어 버린 담배를 떼어 내며
말했다.

"부인과 헤어진 후 지금까지 당신에게도 어떤 만남이 있었
을 거 아니에요?"

"있었죠, 알아맞혀 보세요. 어떤 종류의 만남인지…….
물론 밤 호텔이죠. 그런데 당신은요?"

그녀는 잠시 말이 없었다.

"매우 힘겨운 스토리가 하나 있었어요……. 아니에요, 전
이 이야길 하고 싶지 않아요. 어린애, 정말 창녀의 기둥서방
같은 청년이었어요……. 그건 그렇고, 당신은 어떻게 부인
과 헤어지셨나요?"

"부끄럽습니다. 그녀에게도 그런 어린 청년이 있었죠. 미
남에다 방탕하고 엄청나게 부유한, 그리고는 한 달 만에 그
저 백군을 위해 모두를 위해, 우리를 위해 기도했던 깨끗하
고 애처로운 소녀 같던 그녀는 변하기 시작했죠. 그녀는 그
와 함께 뻬라에서 가장 비싼 음식점에서 저녁을 먹기 시작했
고, 그에게서 엄청난 꽃바구니를 받게 되었고……. '난 모르
겠어요, 어떻게 당신이 나와 그 사이를 질투할 수가 있어요?
당신은 하루 종일 바쁘고 나는 그와 함께 있으면 즐거워요.
그는 내게 사랑스런 소년이고 더 이상은 아무것도 아니에요

…….' 사랑스런 소년! 20살짜리. 그녀를 잊어버리기가 쉽
지 않았어요. 지나간 그 시간들을……."

　계산서를 받았을 때 그녀는 세심하게 그걸 살펴보고는 웨
이터에게 10퍼센트 이상을 주지 말라고 했다. 카페에서 나
온 그들은 얼마 후에 헤어져야 한다는 사실이 매우 이상하게
느껴졌다.

　"저희 집으로 갑시다. 앉아서 얘기도 좀더 하고……."

　그는 슬프게 말했다.

　"그래요, 그래요."

　그녀는 그의 팔짱을 끼고 팔을 자기 쪽으로 잡아당기며 대
답했다. 러시아 인 운전사는 가스등의 불빛 속에서 양철 쓰
레기통 위로 비가 몰아치는 썰렁한 골목의 커다란 건물 입구
에 차를 멈추었다. 그들은 환한 현관을 통해 좁은 엘리베이
터 안으로 들어갔고, 포옹한 채 부드럽게 키스하며 위층으로
올라갔다. 그는 방문을 열고 작은 식당으로 그녀를 안내했
다. 그녀의 얼굴은 피곤해 보였으나 그는 그녀에게 포도주를
권했다.

　"아니에요, 전 더 이상 못 마시겠어요."

　그녀가 말했다.

　그는 부탁조로 말했다.

　"한 잔씩만 마셔요. 창문 뒤에 정말 좋은 백포도주를 세워
놨거든요."

　"마시세요. 저는 좀 씻을게요. 그리고 자요, 자요. 우리는

어린애들이 아니잖아요. 당신은, 아마 알고 계셨을 거예요. 제가 한 번만에 당신께로 오는 것에 동의하리라는 걸……. 그리고 그래요, 무엇 때문에 우리가 헤어져야 해요?”

그는 열에 들떠 대답을 잃었고, 말없이 그녀를 침실로 안내하고는 침실 쪽으로 문이 열려 있는 욕실 불을 켜 주었다. 전등불이 환하게 빛났고, 지붕을 따라 비가 뛰어다녔지만 따뜻하고 포근했다. 그녀가 머리 위로 긴 드레스를 벗기 시작했다.

그는 그 곳을 나와 얼음같이 찬 포도주를 단숨에 마셔 버리고는 억제할 수 없는 흥분 속에 다시 침실로 향했다. 침실에는 벽에 걸린 큰 거울 속으로 마주 한 욕실이 비쳐 보였다. 그녀는 알몸의 등을 보이며 세면대에 몸을 숙이고 목과 가슴을 씻고 있었다.

“여기로 들어오면 안 돼요!”

그녀가 소리쳤다. 얼마 후 그녀는 가운차림으로 욕실문을 열고 나와 허벅지를 드러낸 채 그에게로 가까이 다가와 마치 아내처럼 그를 껴안았다. 그 또한 그녀의 차가운 몸을 마치 아내를 껴안듯 안았다. 비누냄새 속에 풍기는 살냄새를 느끼며 그는 그녀의 몸에 입맞추었다…….

다음 날 그녀는 근무를 미루고 그의 집으로 이사를 했다.

그러던 어느 겨울날, 그는 리옹 은행에 있는 그의 계좌를 그녀의 이름으로 옮기고, 이제껏 그들이 번 돈을 거기에 저금할 것을 그녀에게 설득했다.

• • •

부닌

“주의해서 나쁠 건 없지.” 그가 말했다.

“사랑은 막대기조차 춤추게 할 수 있다더니, 난 마치 내가 20살 청년인 것처럼 느껴진다오. 과연 내가 이렇게 느낄 수 있는 걸까⋯⋯.”

부활절이 지난 사흘째 되는 날, 그는 전철 안에서 돌연 생을 마감했다. 신문을 읽던 도중 갑자기 머리를 좌석의 등받이로 떨어뜨렸고, 눈을 감았다⋯⋯.

그녀가 상복을 입고 묘지에서 돌아올 때는 따뜻한 봄날이었고, 부드러운 파리의 하늘에서는 여름 구름이 떠다니며 내내 젊은 삶에 대해, 영원한 삶에 대해 이야기했다. 그리고 그녀의 끝난 삶에 대해⋯⋯.

집에서 그녀는 아파트를 정리하기 시작했다. 복도의 벽장에서 그녀는 그의 오래 된 붉은 안감을 댄 회색 여름 외투를 발견했다. 그녀는 그것을 옷걸이에서 벗겨 냈고, 얼굴에 대고는 꼭 안고 바닥에 앉았다. 흐느낌에 몸을 떨며, 소리치며, 혼자 살아남은 것에 대해 누군가에게 용서를 구하면서.

차가운 가을

그 해 6월 그는 우리 영지에 손님으로 와 있었다. 언제나 우리는 그를 가족처럼 생각했다. 그의 돌아가신 아버지는, 아버지의 친구이자 이웃이었다. 6월 15일 페르디난트는 사라예보에서 살해당했다. 16일 아침 우체국으로부터 여느 때처럼 신문이 배달되었다. 아버지는 서재에서 신문을 든 채 식당으로 달려왔다. 그와 엄마 그리고 나는 차를 마시고 있었다. 아버지가 흥분된 목소리로 말했다.

"전쟁이야! 사라예보에서 오스트리아의 황태자가 살해됐어. 이건 전쟁이야!"

성베드로제(구력 6월 29일)에 많은 손님들이 우리 집으로

왔다. 아버지의 명명일이었고, 식사를 하는 자리에서 그는
내 신랑감으로 공포되었다. 그런데 6월 19일 독일은 러시아
에 전쟁을 선포했다…….

9월, 그는 전선으로 떠나기에 앞서 우리에게 겨우 하루 예
정으로 작별 인사를 하기 위해 왔다. (그 때 모든 사람들은 전
쟁이 곧 끝날 것이라 생각했고, 그래서 우리의 결혼은 봄으로 연
기되어 있었다.) 그리고 이렇게 작별의 저녁을 맞이하게 되었
다. 저녁 식사 후 평소처럼 사모바르가 나왔고, 사모바르의
김으로 뿌옇게 된 창문을 바라보며 아버지가 말했다.

"놀랍도록 빠르고 차가운 가을이야!"

우리는 그 날 저녁 조용히 앉아 있었고, 자신의 비밀스런
생각과 감정들을 감추며 과장된 평온함으로 단지 의미 없는
말들만을 가끔씩 나누었을 뿐이었다. 아버지는 일부러 일상
적인 얘기로 가을에 대해 이야기했다. 나는 발코니 문으로
다가가 스카프로 유리창을 닦았다. 정원에, 검은 하늘에 깨
끗하게 얼어붙은 말끔한 별들이 날카롭게 빛나고 있었다. 아
버지는 안락 의자에 깊숙이 앉아 산만하게 식탁 위에 걸린
뜨거운 램프를 바라보며 담배를 피웠고, 엄마는 안경을 쓴
채 그 불빛 아래서 열심히 비단주머니를 만들고 있었다. 우
리는 그게 무엇인지 알고 있었다. 그리고 그것은 매우 가슴
아프고 기분이 좋지 않았다. 아버지가 물었다.

"그러니까 자네는 그래도 내일 아침에 떠나겠다는 거지,
아침 식사 전에 말이야?"

"네, 만일 허락하신다면 아침에 떠나고 싶습니다. 매우 슬
픕니다만, 아직 제가 집안일을 다 처리하지 못했거든요."

그가 대답했다.

아버지가 가볍게 한숨을 내쉬었다.

"그래, 원하는 대로 하게. 그렇다면 나와 네 엄마는 이제
자러 가야겠구나. 우린 내일 꼭 자네를 배웅해 주고 싶네
……."

엄마는 일어나 장래 사위에게 성호를 그어 주었다. 그는
엄마의 손에 인사하고, 그 다음 아버지의 손에 인사했다. 둘
만 남게 된 우리는 식당에 머물러 있었다.

나는 카드점을 쳐 보리라는 생각을 했고, 그는 묵묵히 이
쪽저쪽을 왔다갔다하다가는 불현듯 물었다.

"잠깐 산책하지 않겠어?"

내 마음은 점점 더 무거워져 갔지만 나는 아무렇지도 않은
듯 대답했다.

"좋아……."

현관에서 옷을 입으며 그는 무언가에 대해 계속 골똘히 생
각했고, 사랑스런 웃음과 함께 폐뜨의 시를 생각해 냈다.

"얼마나 차가운 가을인가! 자신의 솔과 망또를 입어라
……."

"난 망또가 없어. 그리고 그 다음은 뭐야."

나는 말했다.

"생각이 안 나. 이런 것 같은데……. 보아라 붉은 소나무

사이 마치 불이 일어서는 듯하다.”

“불은 무슨 불?”

“물론 달이 뜨는 걸 말하지. 이 시에는 시골의 가을 매력
이 풍겨나. ‘자신의 숄과 망또를 입어라……’ 우리 할아버
지 할머니 시절 얘기지……. 아, 세상에 이럴 수가, 세상
에!”

“왜 그래?”

“아무것도 아니야. 참 우울하다. 우울하면서도 좋다. 난,
정말 널 사랑해…….”

옷을 입고 우리는 식당을 지나 발코니로 나갔고, 정원으로
향했다. 처음엔 너무나 어두워 나는 그의 옷소매를 잡고 걸
었다. 그리곤 환해지는 하늘에 새까맣고 굵은 나뭇가지들과
뿌려진 반짝이는 별들이 보이기 시작했다. 그는 멈춰 서서
집 쪽을 돌아보았다.

“저것 좀 봐. 집의 창문들이 가을풍으로 반짝이는 게 얼마
나 특별한지. 난 살 것이고, 이 저녁을 영원히 기억할 거야
…….”

나 역시 집 쪽을 바라보았고, 그리고 그는 스위스식 숄을
걸치고 있는 나를 안았다. 나는 쓰고 있던 머릿수건을 걷어
내고 그가 입맞출 수 있도록 살짝 얼굴을 옆으로 돌렸다. 내
게 입맞추고 난 그는 내 얼굴을 바라보았다.

“얼마나 눈망울이 초롱초롱한지……. 춥지 않니? 공기가
완전히 겨울 같아. 만약 내가 죽는다 해도 넌 날 곧 잊지는

차가운 가을

않을 거지?"

그는 말했다.

나는 잠깐 생각해 보았다.

'그런데 갑자기 그가 정말로 죽어 버린다면? 얼마간의 시
간이 흐른 뒤라도 과연 내가 그를 잊어버릴 수 있을까? 하지
만 모든 건 결국 잊혀지지 않는가!'

나는 내 생각에 놀라 서둘러 대답했다.

"그렇게 말하지 마! 난 네 죽음을 견뎌 낼 수 없을 거
야!"

잠시 말이 없던 그는 천천히 이야기하기 시작했다.

"아니야, 괜찮아. 만약 내가 죽으면 거기서 널 기다릴게.
넌 살아야지. 세상에서 즐겁게 지낸 다음에, 그 다음에 내게
로 와."

난 흐느껴 울기 시작했다…….

아침에 그는 떠나갔다. 엄마는 그의 목에 저녁에 만들었던
그 비운의 비단주머니를 걸어 주었다. 그 속에는 외할아버지
가 전쟁 때 지니고 다녔던 작은 금으로 만든 성상이 들어 있
었다. 그리고 우리 모두는 어떤 터질 듯한 절망 속에 휩싸여
그에게 성호를 그어 주었다. 그의 뒷모습을 바라보며 우리는
누군가를 긴 이별로 떠나 보낼 때 항상 느끼는 그런 망연함
속에 현관 계단 위에 서 있었다. 싱그러운 아침의 풀잎에 반
짝이는 이슬, 그리고 우리를 둘러싼 환하고 기쁨에 찬 모든
것들과 우리들 사이의 이 놀랄 만한 부조화를 느끼면서

……. 나는 손을 등뒤로 거머쥐고, 이제 무엇을 해야 할지, 흐느껴 울어야 할지, 목청이 터져라 노래를 불러야 할지를 모른 채 방들을 따라 걸었다…….

그는 죽었다——이건 얼마나 이상한 말인가!——한 달 후 갈리찌에서. 그리고 이렇게 그 때로부터 30년이란 세월이 흘렀다. 그리고 많은 것을, 정말로 많은 것을 이 시간 동안 나는 겪었다. 그것들을 주의깊게 생각해 보면 이성으로도 느낌으로도 이해하기 어려운 과거라고 불리는 마술 같은 이 알 수 없는 모든 것이 하나하나 더듬어 볼수록 정말 길게 느껴진다. 1918년 봄에 이제는 어머니도 아버지도 살아 계시지 않게 되었을 때, 나는 모스크바에서 항상 나를 조롱했던 스몰렌스끄 시장의 여자상인 집 지하실에 살고 있었다. 그녀는 말하곤 했었다.

"자, 백작 부인 마님. 살기가 어떠신지 모르겠네?"

나 또한 장사를 했는데, 다른 모든 사람들이 그 때 그랬던 것처럼 높은 털모자를 쓰고, 단추를 풀어 헤친 외투를 입은 군인들에게 내게 남은 것들 중 무언가를 팔았다. 예를 들면 작은 반지나 십자가, 좀먹은 모피 옷깃 같은 것들……. 그렇게 거기 아르바뜨 구석과 시장에서 장사를 하면서 나는 보기 드문 아름다운 영혼을 가진 사람을 만났다. 중년의 퇴역 군인, 나는 그에게 시집을 갔고, 그와 함께 4월에 예까쩨리나다르로 떠났다. 2주 정도 지원병으로 복무했던 17살의 그의

. . .

조카와 함께. 나는 짚신을 신고, 그는 닳아 빠진 농민 외투를 입고, 길게 자란 희끗희끗한 턱수염인 채로……. 그렇게 돈 지역과 꾸반 지역에 2년 이상 머물렀다. 그리고 겨울, 태풍이 불 때 우리는 노보러시스끄에서 터키로 가는 우리와 같은 처지의 무수한 도망자 무리와 함께 항로로 출발했고, 여로중 바다에서 내 남편은 디프스로 죽었다. 그가 죽은 후 내게 가까운 사람이라곤 단지 세 사람밖에 없게 되었다. 남편의 조카와 그의 어린 아내, 그리고 그들의 7개월 된 딸아이, 하지만 조카도 얼마 뒤 내 손에 젖먹이를 남기고 아내와 함께 크림의 브란겔리야로 떠나 버렸다.

그 곳에서 그들은 소식도 없이 사라져 버렸다. 그리고 나는 꼰스딴띠노플에서 나와 어린애를 위해 힘들고 험한 일로 생활을 근근이 꾸려 가며 살았다. 그리고 다른 사람들처럼 나는 항상 그 애와 함께 했고 우리가 머물지 않은 곳이 없었다. 불가리아, 세르비아, 체코, 벨기에, 파리, 니체……. 아기는 벌써 다 자라 파리에 남았고, 완전히 프랑스 여자가 되었다. 그녀는 사랑스러웠지만, 내게 아주 냉정하게 대했다. 그 아이는 마들렌 근처 초콜릿 가게에서 일했다. 은색 메니큐어로 정성스레 손질한 작은 손가락으로 비단 같은 종이에 초콜릿을 포장하고, 그것을 금색 끈으로 묶고……. 나는 니체에 살았고, 아직도 살고 있다. 신이 내게 주신 것보다 더 오래……. 내가 처음으로 니체에 갔던 것은 1912년의 일이었다. 행복했던 그 때에 이 도시가 나와 인연이 되리라고 상상이나 할 수 있었겠는가!

　이렇게 나는 언젠가 경솔하게 견뎌 낼 수 없을 것이라 말했던 그의 죽음을 견뎌 냈다. 하지만 그 때부터 겪어 왔던 모든 일들을 회상하며 나는 스스로에게 묻곤 한다.

　'그래, 그럼 도대체 무엇이 내 삶 속에 있었던 것일까?'

　그리곤 스스로에게 대답한다.

　'단지 그 차가웠던 가을 저녁…….'

　과연 그것은 있었던 일일까? 그래 어쨌든 있었던 일이다. 단지 이것만이 내 삶 속에 있었던 일이며 다른 것들은 다 부질없는 꿈이었다. 그리고 나는 믿는다. 뜨거운 마음으로 어딘가에서 그가 나를 기다리고 있음을 믿는다. 바로 그 저녁처럼 그만큼의 사랑과 그만큼의 젊음으로…….

　'넌 살아야지. 세상에서 즐겁게 지낸 다음, 그 다음 내게로 와…….'

　나는 살았고, 기뻐했고, 이제 곧 갈 것이다.

창의 꿈

이야기하는 대상이 누구라는 건 그다지 중요하지 않은 일 아닐까? 세상에 살고 있는 모든 것은 그 나름대로 다 가치가 있으니 말이다.

언제인가 창은 자신의 존재와 가장 중요한 관계를 맺고 있는 자신의 주인, 선장을 알게 되었다. 그리고 그 후 배 위에서 모래시계가 흘러내리듯 6년이란 세월이 흘러갔다. 그리고 다시 밤이었다. 꿈인가 현실인가? 그리고 다시 아침이 밝아온다. 현실인가 꿈인가? 창은 늙었고, 창은 술주정뱅이고, 그리고 창은 항상 존다.

지금 도시 오데사는 겨울이다. 날씨는 사납고 음산해 창이 선장과 처음 만났을 때의 그 중국 날씨보다 몇 배는 더 나쁘다. 날카로운 작은 눈송이가 텅 빈 해안도로, 얼어 미끌거리는 아스팔트를 따라 비스듬히 날며 주머니에 손을 넣고 몸을 움츠리며 오른쪽으로 혹은 왼쪽으로 꼴사납게 뛰어가고 있는 유태인들의 얼굴을 사납게 할퀸다. 그리고 맥빠진 항구 뒤로, 눈보라 뒤편으로 헐벗은 초원 같은 해변이 얼핏 모습을 드러낸다. 방파제는 짙은 회색 안개로 온통 희뿌옇고, 바다는 진종일 힘겨운 듯 거품을 내뿜으며 방파제를 넘나든다. 바람은 전선줄 사이를 휙휙 지나치며 음산한 신음 속에 울부짖는다……

　이런 날, 도시의 일상은 일찍 시작되지 않는다. 창도 선장과 함께 늦은 잠에서 깬다. 6년이란 세월은 긴 시간일까? 6년 사이 창과 선장은 노인이 되어 버렸다. 비록 선장의 나이 채 마흔이 되지 않았지만 말이다. 그들의 운명은 거칠게 변했다. 그들은 이제 바다를 항해하지 않는다. 그들은 해변에 살고 있다. 뱃사람들이 말하는 언젠가 살았던 그 곳이 아니라 연탄 냄새가 풍기는 좁고 음침한 거리, 집에는 저녁에만 들어와 중절모를 쓴 채 저녁 식사를 하는 유태인들이 사는 15층짜리 낡은 아파트에 그들은 살고 있다. 창과 선장의 다락방은 크고 썰렁했으며 천장이 아주 낮고, 언제나 어두컴컴했다. 벽에 있는 두 개의 깨어진 창문은 큰 배의 손바닥만한 창문처럼 작고 둥근 모양이었다. 그 창문 사이로 장롱이 서 있고, 왼편으로는 철제 침대가 놓여 있다. 그리고 언제나 신선한 바람이 불어 나오는 벽난로, 이것이 이 지루한 거주지 장식품의 전부이다.

창은 벽난로 옆 구석에서, 그리고 선장은 침대 위에서 잠을 잔다. 선장이 자는 침대로 말하자면, 방바닥에 닿을 만큼 짜부라졌고 그 위에 깔린 매트리스는 말로 표현할 수 없을 만큼 낡고 더러웠으며 매트리스 위에 놓인 베개 또한 짜부라질 대로 짜부라져 선장은 그 밑에 재킷을 깔아야만 했다. 그러나 이 침대에서 선장은 아주 평온한 잠을 잔다. 예전에는 그에게 얼마나 멋진 침대가 있었던가! 서랍이 달린 높은 침대에 깊고 푹신한 매트리스, 얇고 매끄러운 시트와 눈처럼 하얀 베개! 하지만 그 때 선장은 그 좋은 요람에서 지금처럼 잠자지 못했었다. 요즘 그는 매우 지쳐 있다. 그는 무엇에 대해서도 걱정하지 않으며 그 무엇도 그를 깨울 수 없다. 그가 무엇으로 새 날을 기뻐할 수 있겠는가! 그 옛날 세상에는 지속적으로 서로서로 자리를 바꾸며 존재해 온 두 가지 진실이 있었다. 하나는 삶은 멋진 것이라고 말하지 않는다는 것이고, 다른 하나는 삶은 미친 사람에게만 의미가 있다는 것이었다. 그러나 선장은 요즘 세상에는 하나의 진실만이 있고, 존재해 왔고, 그리고 앞으로도 영원토록 존재할 것이라고 주장한다. 그는, 이것은 유태인 이오프의 진실이고, 불가사의한 종족 에끌레지아스뜨의 현인의 진실이라고 주장한다. 선장은 요즘 자주 맥주홀에 앉아 창에게 이렇게 말하곤 했다.

"너, 잘 기억해, 인간이란 젊었을 적부터 자신의 힘든 세

월에 대해 이렇게 말들을 하지. '삶 속에서 내게 만족이란 없다!'라고."

모든 날들이 옛날처럼 존재한다. 이렇게 다시 밤이 오고 다시 아침이 온다. 그리고 선장은 창과 함께 잠에서 깨어난다.

그러나 잠에서 깬 선장은 눈을 뜨지 않는다. 그가 지금 이 순간 무슨 생각을 하는지 밤새도록 바다의 신선한 냄새가 풍겨 왔던 벽난로 근처 바닥에 누워 있는 창도 알 수 없다. 그러나 창은 선장이 적어도 그렇게 한 시간은 더 누워 있을 것이라는 걸 잘 알고 있다. 창은 선장을 실눈을 뜬 채 바라보다가 이내 무거운 눈꺼풀을 닫고 졸기 시작한다. 창 또한 술주정뱅이인지라 그 또한 아침마다 몽롱하고, 기선을 타고 항해하는 사람들의 뱃멀미처럼 그런 괴로운 혐오감으로 세상을 느낀다. 바로 그러한 이유로 이 늦은 아침, 창은 졸며 괴롭고 지루한 꿈을 꾼다……

창은 본다.

기선 갑판 위로 찡그린 눈을 한 늙은 중국인이 올라온다. 그는 구슬피 울기라도 할 듯 애처로운 표정으로 지나가는 모든 사람에게 자신이 가져온 바구니에 담긴 썩은 물고기를 사지 않겠느냐고 물어 본다. 광활한 중국의 어느 강가, 먼지 많은 쌀쌀한 날이다. 더러운 개천에 떠 있는 갈대로 만든 돛이 달린 까딱이는 작은 돛배 안에 강아지가 앉아 있다. 목주위가 털북숭이인 옅은 갈색 강아지는 기선의 철제로 된 측면을 따라 똘방똘방한 검은 눈동자를 굴리며 귀를 쫑긋 세운다. 언뜻 보기에 여우처럼도, 늑대처럼도 생겼다.

"차리리 개를 팔게!"

한가로이 망루에 서 있던 기선의 젊은 선장은 마치 귀머거리에게라도 말하듯 큰 소리로 중국인에게 소리쳤다.

창의 첫 주인이었던 중국인은 기쁨의 환호성과 함께 잠시 멍해 있다가는 굽신굽신 절하며 엉터리 발음으로 중얼거렸다.

"베이 굿 도그, 베이 굿!"

그래서 강아지는 단돈 1루블에 팔리게 되었다. 강아지는 창이라는 이름을 얻었고, 그는 바로 그 날 새 주인과 함께 러시아로 항해를 떠나게 되었다. 처음 3주 동안 창은 뱃멀미에 시달려 마치 마취 상태에 있는 것처럼 몽롱함에 아무것도 볼 수 없었다. 바다도 싱가포르도 콜롬보도……

중국에서는 가을이 시작되어 날씨가 매우 험했다. 그래서 창의 멀미를 한층 더 가중시켰다. 창을 맞은 것은 비와 안개였다. 거품이 이는 녹색 물결이 출렁거리며 물을 튀겨 댔고, 그 물결들은 안개 속의 연안 지대로 사라져 갔다. 주위는 물이 점점 더 불어났다. 창은 비에 흠뻑 젖어 은색이 된 채 우비를 걸치고 모자를 쓴 선장 옆 선교(船橋) 위에 앉아 있었다. 다리의 높이는 예전보다 더 높아 보였다. 선장은 배를 지휘했고, 창은 떨며 바람에 얼굴을 맞대고 싸웠다. 파도는 악

· · ·

부닌

천후 속에 수평선을 점령하고 안개 낀 하늘과 뒤섞여 버렸다. 바람은 울부짖으며 물보라를 찢어 버리곤 어디론가 날아갔고, 활대를 울리며 돛을 뒤흔들었다. 그러는 사이 선원들은 젖어 질퍽거리는 구겨진 장화를 신고 돛을 잡아 묶었다. 바람은 어디든 약점을 찾아 기선을 공략해 댔고, 기선이 기울어질 때면 거친 파도로 기선을 들어 올렸다. 그럴 때면 기선은 균형을 잃고 파도 모서리에 맥없이 아래로 떨어졌고, 이때 조타수의 갑판실에서 나는 진동 소리와 함께 심부름하는 아이가 잊고 바닥에 놓아둔 커피잔이 천장으로 날아올랐다…….

그 다음날에는 거짓말처럼 다른 날들이 찾아왔다. 어떤 날은 감청색으로 빛나는 하늘로부터 태양이 불덩이처럼 타올랐고, 어떤 때는 고막이 찢어질 듯한 천둥과 함께 먹구름이 깔렸다. 그리고 또 어떤 날에는 기선으로, 바다로 엄청난 폭우가 쏟아졌으며 심지어 배가 정박해 있을 때조차 배를 뒤흔들었다. 그러나 시달릴 대로 시달린 창은 2, 3주 동안 한 번도 자신의 좁은 공간을 벗어나지 않았다. 그 곳은 선장이 명령한 대로 하루 한 번씩 창에게 밥을 주기 위해 열리는 갑판으로 향한 높은 문 옆, 텅 빈 2등 칸 선실 후미의 컴컴한 복도에 자리잡고 있었다. 홍해까지 오는 여정에서 창의 기억 속에 남은 것은 오직 문이 열릴 때의 삐걱거리는 소리와 구역질, 그리고 어딘가로의 추락 전에 선미와 함께 날아오르는 순간, 그리고 이 높이에서 다시 배 후미가 떨려 오고 프로펠

· · ·
창의 꿈

러 소리가 사방으로 울려 퍼질 때의 공중에서 느껴지는 공포
뿐이었다. 그리고 갑작스럽게 파도의 산이 선창을 뒤덮었다
가는 천천히 두꺼운 유리창을 따라 흐릿한 흐름으로 미끄러
져 내려갈 때의 심장의 멈춤 또한……. 아픈 창은 멀리서 들
려 오는 선장의 지휘하는 외침 소리와 수부장의 호루라기 소
리 그리고 머리 위에서 바삐 오가는 선원들의 발소리를 들었
고, 바다의 철썩이는 소음 속에 반쯤 감긴 눈으로 어슴푸레
한 복도에 쌓여 있는 보리수 껍질로 짠 차 자루를 보았다. 그
리고 구역질과 무더위, 진한 차향기에 상기되고 취해 버렸다
…….

　꿈속을 헤매던 창은 깜짝 놀라 부르르 몸을 떨며 눈을 뜬
다. 이것은 파도가 배 후미를 때리는 소리가 아니었다. 이건
누군가 아래층에서 쾅 소리를 내며 문을 닫는 소리였다. 잠
시 후 큰 기침 소리를 내며 선장이 찌그러진 침상에서 천천
히 일어난다. 그는 다리를 뻗어 너덜너덜한 반장화를 신고,
베개 밑에서 금단추가 달린 검은 재킷을 꺼내 입고는 장롱
쪽으로 향했다. 창은 내키지 않는다는 듯 소리내어 하품을
하고는 바닥에서 일어선다. 장롱 속에는 보드카 한 병이 있
었다. 선장은 뚜껑을 열고 병나발을 불어 댄다. 가볍게 한숨
을 내쉬고, 가끔씩 숨을 헐떡이며 그는 벽난로 쪽을 향하고
는 벽난로 근처에 놓여 있는 접시에 창을 위해 보드카를 따
라 놓는다. 창은 탐욕스럽게 보드카를 핥기 시작한다. 선장

은 담배를 피워 물고 다시 자리에 눕는다. 완전히 날이 밝을 때를 기다리는 것이다. 벌써 밖에서는 전차의 짓눌린 듯한 소음이 들려 오고, 다리를 따라 지나가는 말발굽의 불협화음이 들리지만 외출하기에는 이른 시각이다. 술을 바닥까지 다 핥아먹은 창은 침대로 뛰어올라 선장의 발 옆에 등을 동그랗게 오그리고는 언제나 보드카가 주는 행복한 기분에 젖어든다. 반쯤 감긴 창의 눈은 흐려 오고, 주인을 향해 우러나는 친밀감을 느끼며 선장을 살며시 바라본다. 그리고 이런 생각에 잠긴다.

'아, 멍청하고 멍청한지고! 세상에는 단지 하나의 진실만이 있다. 만약 당신이 이것이 얼마나 멋진 진실인지를 알기만 한다면!'

그리고 다시 꿈꾸는 것도 아니고, 생각하는 것도 아닌 상태가 되어 괴롭고 불안한 바다를 지나 중국에서 홍해를 향해 가는 기선이 창과 선장을 태우고 먼 아침으로 다가온다…….

창은 꿈꾼다.

뻬림을 지나자 기선은 아기를 잠재우듯 창을 흔들어, 창은 달콤한 꿈속으로 빠져 들었다. 그리고는 갑자기 정신을 차렸다. 정신을 차린 창은 모든 것에 당황했다. 주위는 조용했고, 배 후미는 조용히 진동할 뿐 어디로도 추락하지 않았으며, 파도는 고른 음색을 내며 잔잔히 배로 다가왔고, 문틈으

로 스며드는 따뜻한 음식 냄새는 매혹적이었다. …… 창은
일어나 텅 빈 선실을 살펴보았다. 그 곳 어둠 속에서 무언가
금빛으로 흐르는 것이 부드럽게 반짝였다. 햇빛이 빛나고 즐
거워 보이는 그 푸르른 공간은 뒤쪽 선창으로 열려 있었고,
구불구불한 천장을 따라 유리 같은 햇빛 여울의 시내가 흐르
고 있는 것을 겨우 감지할 수 있었다. 이런 일은 창이 선장과
함께 있을 때 한번도 일어난 적이 없었다. 창은 갑자기 이 세
상엔 하나의 진실이 아니라 두 개의 진실이 존재함을 깨달았
다. 그것은 세상을 살아간다는 것과 항해를 한다는 것은 끔
찍한 일이며 그리고 분명히 존재할 다른 하나에 대해서는 창
은 생각해 내지 못했다. 갑자기 문이 열리면서 창은 상갑판
으로 향하는 선박 사다리와 반짝이는 기선의 여러 개의 검은
기통, 여름 아침의 맑은 하늘, 그리고 선박 사다리 밑으로 기
계실에서 나와 빠른 걸음으로 걸어가는 선장을 보았다. 그는
말끔한 얼굴에 오데콜로뉴 향기를 풍기며 아마색 콧수염을
독일식으로 치켜올리고는 반짝이는 눈동자와 하얀 근육질을
뽐내고 있었다. 창은 기쁘게 앞으로 달려나갔다. 선장은 창
을 잡아 머리에 입맞추고는 뒤로 돌려 손 위에서 세 번이나
뜀박질을 시켰다. 그리고 상갑판에서 더 높은 갑판으로, 그
리고 그 곳에서 더 높게, 그리하여 선교(船橋)까지 뛰어올
라갔다.
　다리 위에서 선장은 조타수의 갑판실로 들어갔고, 바닥에
앉은 창은 잔잔하게 꼬리를 흔들고 있었다. 그들은 아랍을

부닌

지나고 있었고, 창의 뒤편으로는 태양이 밝고 뜨겁게 빛나고 있었다. 오른쪽으로는 검은 갈색으로 보이는 산들과 죽은 행성의 산을 닮은 거무스름한 정상과 금가루를 뿌려 놓은 듯한 황야, 그리고 금빛 해변이 펼쳐졌다. 그것들은 매우 가깝고 선명하게 보여 그 편에서 이리로 건너 뛸 수 있을 것만 같았다. 아직 선교 위에는 신선함이 느껴지는지라 선장의 조수는 신선함을 즐기며 이리저리로 산책을 했다. 그가 바로 창을 자주 미치게 만드는 사람이었다. 그는 하얀 옷에 흰 투구 같은 모자를 쓰고, 어마어마한 검은 안경을 눈에 대고는 항상 옅은 구름이 하얀 타조 깃털처럼 오그라드는 돛대의 날카로운 꼭대기에서 멀리 망보는 사람이었다.

"창! 커피 마시자!"

갑판실에서 선장이 소리쳤다.

그 순간 창은 뛰어올라 갑판실 주위를 뱅뱅 돌다가는 청동으로 된 문지방을 재빠르게 뛰어넘었다. 문지방 안은 다리보다 훨씬 좋았다. 그 곳에는 벽에 널따랗게 소가죽이 붙어 있었고, 그 위로 반짝이는 유리로 만든 둥근 벽시계가 걸려 있었으며 바닥에는 단 우유와 빵으로 만든 탁주가 담긴 접시가 놓여 있었다. 창은 탐스럽게 그것을 핥아먹었고, 선장은 자신의 일을 시작했다. 선장은 창문 밑 소파 반대편에 있는 탁자 위에 커다란 해양 지도를 펼쳤다. 그리고 그 위에 궤선 긋는 자를 대고는 붉은 잉크로 지도를 가로지르는 긴 선을 그었다. 접시를 모두 비운 창은 콧수염에 우유를 묻힌 채 탁자

창의 꿈

위로 뛰어올라 키 앞에 뿔피리를 들고 창에게 등을 보인 채 서 있는, 더블칼라에 헐렁한 셔츠를 입은 선원의 그림자가 내리깔린 바로 그 창문 근처에 앉았다. 선장은 창에게 말하기 시작했다.

 "이것 봐, 여기 이게 바로 홍해야. 우리는 여길 너와 함께 좀더 지능적으로 건너가야 해. 보이지, 여기 이 알록달록한 섬들과 암초들. 난 널 오데사까지 얌전하게 모셔가야 돼. 왜냐하면 벌써 그 곳에서 너의 존재에 대해 알고들 있거든. 난 벌써 한 변덕쟁이 계집애에게 너에 대해 온갖 자랑을 늘어놨어. 그리고 현명한 사람들이 모든 바다와 대양의 바닥을 굵은 밧줄로 연결해 놓았다는 걸 넌 이해할 수 있겠니?……. 그건 그렇고 창, 나는 정말 행복한 사람이야. 내가 얼마나 행복한지 너는 상상도 할 수 없을 거야. 그래서 난 내 첫 항해에서 뜻밖의 어떤 암초에라도 부딪히는 불상사를 당해 내 명예를 더럽히고 싶지 않다구……."

 선장은 돌연 말을 멈추고 창을 무섭게 노려보다가는 창의 뺨을 갈겼다.

 "지도에서 발 치우지 못해!"

 그는 상관의 말투로 소리쳤다.

 "주제 넘게 굴지 마, 알겠어!"

 머리 숙인 창은 흐느껴 울며 얼굴을 찌푸렸다. 이건 그가 태어나서 처음 받아 보는 뺨세례였고, 그래서 그에게는 다시금 세상에 산다는 것과 항해를 한다는 것은 추악한 짓이라고

느껴졌다. 창은 돌아앉아 맑은 눈동자를 흐린 채 조용히 흐
느끼며 씁쓸하게 입맛을 다셨다. 그러나 선장은 창의 이러한
모욕감에 신경을 쓰지 않았다. 선장은 담배를 피워 물었고,
소파 근처의 무명 윗도리 주머니에서 금시계를 꺼내 단단한
손톱으로 뚜껑을 열고는 시계침을 바라보다가 다시 정답게
이야기를 시작했다. 그는 창에게, 그가 창을 오데사로, 엘리
자베찐스까야 거리로 데리고 가고 있으며, 엘리자베찐스까야
거리에는 자신의 아파트가 있고, 미인 아내와 멋진 딸이 있
어 자신은 매우 행복한 사람이라는 것에 대해 이야기하기 시
작했다.

"그러니까 창, 나는 행복해!"

그렇게 말하고 선장은 계속 덧붙였다.

"창, 내 딸은 발랄하고 장난이 심하지. 그리고 호기심도
많고 고집이 대단해. 네겐 그 아이와 함께 보내는 날들이 힘
든 시간이 될 거야. 특히 네 꼬리는! 창, 네가 만약 그 딸이
라는 존재가 얼마나 매력적인 건지 알 수 있으면 좋으련만!
내가 그 앨 얼마나 사랑하는지, 그 사랑이 심지어 무서워질
때도 있지. 내게 있어 세상은 단지 그 애를 위해서만 존재할
뿐이야. 말하자면 거의 모든 것이 그 애 속에…… 과연 이
게 당연한 일일까? 그리고 일반적으로 누구든 딸을 이렇게
매우 사랑하는 것일까?"

선장이 물었다.

"과연 너희의 부처가 우리보다 우매했던 것일까. 자, 잘

들어 봐. 그들이 이 세상에 존재하는 모든 물질적인 사랑에 대해 뭐라고 말했지? 햇빛과 파도, 공기에서부터 여자, 그리고 아기, 흰 아카시아 향기에 이르기까지 이런 모든 것들에 대한 사랑 말이야! 아니면, 너 따오(중국의 道, 역주)가 뭔지 알아? 이건 너희 중국인들이 생각해 낸 거야. 태초의 어머니는 낳지. 그리고는 삼켜 버려. 그렇게 삼키면서 세상에 존재하는 모든 것을 다시 낳지. 다시 말하면, 모든 현존하는 것의 길은 무엇이든 다른 존재하는 것의 길을 거슬러서는 안 된다는 얘기야. 하지만 우리는 늘 그것을 거스르려 하잖아. 말하자면 사랑하는 여자의 영혼이나 세상의 모든 것을 전부 자기방식대로 돌려 놓으려 한단 말이야! 창, 세상에 산다는 건 정말 기분 나쁜 일이야! 하지만 아주 좋아. 그런데 기분 나빠. 특히 나 같은 사람은! 나는 매우 탐욕스럽게 행복을 추구하지. 하지만 또 자주 망설이게 돼. 이 길은 어둡고 사악한 길일까, 아니면 아니면, 정반대일까?"

잠시 침묵한 선장은 계속했다.

"가장 중요한 것이 무엇인지 알고 있니, 창? 그건 누군가를 사랑할 때면 자신이 사랑하고 있는 사람이 자신을 사랑하지 않을 수도 있다는 것을 그 어떤 힘으로도 믿게 할 수 없다는 거야. 창, 삶은 얼마나 위대한 것이냐, 얼마나 위대한 것이냐구!"

이제 높이 떠오른 태양은 폭염을 쏟아 붓고 있었고, 가볍게 진동하는 기선은 바람 한점 없는 홍해를 천천히 가르고

있었다. 적도의 하늘 그 빛나는 허공이 갑판실 문을 바라보
고 있었다. 정오가 가까워졌고, 청동으로 된 문지방은 뜨겁
게 달아올랐다. 바다를 가르는 기선 양옆으로 산더미 같은
물살이 태양빛에 빛나며 갈라져 나갔다. 창은 선장의 이야기
에 귀기울이며 소파 위에 앉아 있었다. 창의 머리를 쓰다듬
던 선장은 창을 바닥으로 들어 내렸다.

"덥다, 더워!" 선장이 말했다.

그러나 창은 선장의 이번 행동에는 마음 상하지 않았다.
이런 즐거운 정오에 세상에 산다는 건 그 자체만으로도 창에
게는 너무나 행복했다. 그런데 그 다음…….

창은 다시 놀라 눈을 번쩍 떴다.

"창, 가자!"

침대에서 선장이 다리를 내리며 말한다.

그리고 다시 놀란 눈으로 창은 주위를 바라본다. 창은 자
신이 홍해에 떠 있는 기선에 있지 않고, 오데사의 다락방에
있으며 마당엔 정말 이제 정오였지만 기쁜 정오가 아닌 어둡
고 지루하고 적의를 품고 있는 정오임을 깨닫는다. 그래서
창은 자신을 불안하게 만든 선장을 향해 가벼운 신음 소리를
낸다. 하지만 선장은 그런 창에게 아무런 주의도 기울이지
않은 채, 낡은 모자와 외투를 걸치고는 주머니에 손을 찔러
넣고 등을 구부리며 문 쪽으로 향한다. 마지못한 듯 창은 침
대에서 뛰어내린다. 계단을 내려가는 선장은 마치 하고 싶지

창의 꿈

않은 일을 억지로 하는 사람처럼 내키지 않는 표정으로 터벅 터벅 걷는다. 창은 쾌활한 걸음으로 내려간다. 보드카를 마신 후의 행복한 기분이 아직 남아 있어 창을 흥분 상태 속에 들뜨게 한다…….

이렇게 벌써 두 해 동안 창과 선장은 밤낮으로 레스토랑을 순회하는 일을 하고 있다. 그 곳에서 그들은 마시고 먹고, 소음과 담배 연기와 악취 속에서 먹고 마시는 다른 술주정꾼들을 바라본다. 창은 선장의 발 근처 바닥에 누워 있다. 선장은 뱃사람의 습관대로 탁자 위에 팔꿈치를 얹고 앉아 담배를 피우며 그들 스스로 만들어 낸 법칙에 따라 다른 레스토랑이나 카페로 옮겨가야 할 시각을 기다린다. 창과 선장은 한 식당에서는 아침을, 그리고 커피는 다른 곳에서, 점심은 세 번째 장소에서, 저녁은 네 번째 장소에서 먹는다. 보통 선장은 말이 없다. 그러나 가끔씩 옛 친구들 중 누구라도 만나게 되면, 그 때는 진종일 망가진 삶에 대해 이야기하며 쉴 새 없이 자신에게 또는 말상대에게 혹은 자신의 발 아래 그릇을 옆에 두고 누워 있는 창에게 포도주를 권한다. 오늘도 이렇게 흘러갈 것이다. 그들은 오늘 선장의 오랜 친구인 실크 모자를 쓴 화가와 아침 약속이 되어 있었다. 그런데 이건 말하자면, 그들이 일차로는 악취나는 맥주 홀, 그 붉은 얼굴의 독일인들이 우글대는 사이에 앉게 된다는 것을 의미하는 것이고, 이차로는 늘 주식에 관한 화제에 얽매여 사는 그리스 인과 유태인들로 초만원을 이루는 카페를 간다는 것을 뜻하며, 카

페에서는 인간쓰레기들이 모이는 레스토랑으로 그리고 그 곳
에서 밤늦게 헤어진다는 것을 의미한다…….

겨울의 낮은 짧기만 하다. 한 병의 포도주와 벗과의 대화
를 위해서는 더욱 그러하다. 그래서 이미 창과 선장 그리고
화가는 맥주 홀과 카페를 들렀었고 마지막으로 레스토랑에
앉아 끝없이 마시고 있다. 역시 팔꿈치를 탁자 위에 얹은 선
장은 세상에는 단 하나의 저급하고 사악한 진리만이 있을 뿐
임을 정열적으로 주장한다.

"자네, 세상을 한번 둘러보게."

선장이 말한다.

"우리가 매일 들르는 맥주 홀, 카페, 그리고 거리에서 보
아왔던 사람들을 생각해 보게! 여보게, 나는 온 지구를 보아
왔어. 그러나 삶은 어디에서나 이렇다구! 뭔가를 위해 사람
들이 살아가는 것 같은 그 모든 것은 거짓이고 엉터리야. 그
들에겐 신도 양심도 존재의 이성적인 목표도 사랑도 우정도
정직함도 없어. 심지어 단순한 동정심마저도 없단 말일세.
삶이란 더러운 선술집의 겨울날 같은 거야. 더 이상 아무것
도 아니란 말일세……."

창도 탁자 밑에 누워 더 이상의 흥분을 주지 않는 취기의
안개 속에서 이 이야기를 듣는다. 창은 선장에게 동의하는
가, 아니면 동의하지 않는가? 이것에 대해 답을 하기란 불가
능하다. 불가능하다는 것은 곧 좋지 않다는 뜻이기도 하다.
창은 선장이 옳은지 알지 못할 뿐더러 이해조차 할 수 없다.

하긴 우리 모두는 슬플 때에만 '몰라요, 이해 못 해요.'라고
말한다. 그러나 기쁠 때 모든 살아 있는 존재들은 그들이 모
든 것을 알고 이해한다고 확신한다……. 갑자기 햇빛의 반
짝임처럼 창의 안개를 날카롭게 찢어 버리는 것이 있다. 레
스토랑의 무대 위에서 악보대를 두드리는 지휘봉 소리가 울
려 퍼지고, 바이올린이 울고, 잇달은 바이올린이 소리 높여
울어 댄다. 잠시 후 창의 마음은 전혀 다른 우울한 슬픔 속으
로 빠져 든다. 그리고 이해할 수 없는 환희와 달콤한 고통 그
리고 무언가에 대한 갈망으로 창의 마음은 차오른다. 이제
창은 자신이 현실 속에 있는지 꿈속에 있는지 가늠할 수가
없다. 창은 서서히 음악 속에 몰입되어 선율에 따라 다른 세
계로 들어간다. 그리곤 다시 홍해의 기선 위에 있는 강아지
가 되어 멋진 세계를 향한 문턱에 서 있는 자신을 본다…….
　'그래, 어찌 되었었더라?' 창은 꿈꾸는 것도 아니고 생각
하는 것도 아니다. 그리곤 회상한다. 더운 날 정오에 홍해에
있다는 건 즐거운 일이었다! 창은 선장과 갑판실에 앉아 있
다가는 선교 위에 서 있었다……. 얼마나 많은 빛과 반짝임
과 푸르름이 있었던가! 하늘을 배경으로 눈앞에 아른거리는
선원들의 하얗고, 붉고, 노란 셔츠들은 얼마나 놀랍도록 화
려했던가! 그 후 창은 선장과 땀에 젖은 다른 선원들과 함께
요란한 환기통 소리가 나는 무더운 일급 선실에서 아침 식사
를 했다. 아침 식사 후에는 조금 졸았고, 차를 마신 후에는
점심 식사를 했으며, 점심 식사 후에는 다시 조수가 선장을

위해 아마포로 만든 안락 의자를 내놓은 조타수 갑판실에 앉
아 멀리 바다와 여러 가지 모양과 빛깔을 가진 구름과 노을
그리고 붉은 태양의 꺼져 가는 햇살을 바라보았다……. 기
선은 붉은 태양이 꺼져가는 그 곳을 향해 빠르게 달려갔고,
그 때마다 배 측면에는 부드러운 잔물결의 산이 반짝였으며,
태양은 빠르게 저물어 갔다. 얼마 후 태양은 바닷속으로 잠
기는 듯 움츠러들고 드디어는 가벼운 떨림을 남기고 사라져
버렸다. 태양이 그렇게 사라지자마자 슬픔의 그늘이 무겁게
내려앉았다. 또 그렇게 저녁은 어두운 밤을 향해 물결쳐 갔
다. 선장은 바람에 머리칼을 날리며 석양의 어두운 불꽃을
바라보며 환한 얼굴로 앉아 있었다. 생각에 잠긴 그의 얼굴
은 긍지에 차 있지만 우울해 보였으며, 그의 명령대로 질주
하고 있는 것은 기선뿐만이 아니라 마치 그가 세계를 움직이
고 있는 듯한 뿌듯함이 엿보였다…….

　무시무시하고 거대한 밤이 되었다. 밤은 검고 불안했으며,
무자비한 바람은 요란스럽게 기선 주위에 파도를 일으켰다.
그 때 빠르게 갑판 위를 왔다갔다 질주하며 짖어 대던 창은
갑판에서 위로 뛰어올랐다. 선장은 창을 잡아 가슴에 감싸안
았다. 그 순간 창의 심장은 선장의 심장과 일치되어 고동쳤
다. 선장은 창과 함께 뒷갑판으로 나와 신기하고 무서운 광
경으로 창을 매료시킨 어둠 속에 오랫동안 서 있었다. 배 밑
의 프로펠러가 메마른 소리를 내며 거친 물살 속을 요동칠
때마다 하얀 물방울이 솟아올랐고, 동시에 기선은 저주받은

길을 내듯 물살을 갈라갔다. 바람은 어둠 속 창의 얼굴을 사방에서 거세게 때려 왔고, 그 때마다 부드러운 가슴털들이 사방으로 요동쳐 서늘함을 느낀 창은 선장의 가슴에 더 깊숙히 달라붙으며 속숨을 내쉬었다. 선미는 어떤 거대한 힘에 의해 가볍게 들어 올려지듯 올려지고 내려져 창의 어두운 심연을 어지럽게 했다. 한순간 광기어린 파도가 거친 소리를 내며 선미 옆으로 날아와 선장의 손과 은빛 제복을 적셨다…….

이 밤에 선장은 자신의 크고 안락한, 붉은 전등갓이 부드럽게 빛을 안아 내는 자신의 방으로 창을 데려갔다. 선장의 침대 옆 책상 위에는 올려진 램프의 빛과 그늘 속에 두 장의 사진이 세워져 있었다. 고수머리의 예쁘장한 얼굴, 무언가에 뾰로통해진 소녀가 하늘색 의자 위에 아무렇게나 앉아 있었다. 그리고 어깨를 드러낸 젊은 부인은 레이스가 달린 하얀 양산을 어깨에 얹고 있었고, 머리에도 역시 레이스가 달린 커다란 모자를 쓰고 있었으며 멋진 봄 원피스 차림의 매력적인 모습이었다. 선장은 열린 창으로 들려 오는 검은 파도의 삼킬 듯한 소음 아래 입을 열었다.

"창, 이 여자는 너와 나를 사랑하지 않을 거야! 이런 여자의 영혼은 사랑에 대한 슬픈 열망으로 영원히 괴로워하는, 그런데 바로 그런 영혼으로 인해 누구도 사랑할 수 없는 그런 영혼이야, 그런 영혼이. 그런 영혼을 가진 사람들이 있어. 그런데 어떻게 이것을 그 모든 거짓과 연극, 자기 소유의 자동차, 요트, 피크닉, 어떤 스포츠맨에 대한 공상, 그리고 가리마에 생긴 머릿기름의 더러움으로 판단할 수 있겠어? 누가 그것을 알아차릴 수 있겠난 말이야? 그러니까, 창, 모든 존재에게는 자신의 길이 있는 거야. 어떤 것도 변화시킬 수 없는, 그러니까 모든 존재에게는 따오[道]의 철학이 들어맞는 게 아니겠어?”

“우우!”

걸상에 앉아 하얀 반장화 끈을 풀며 선장은 고개짓 속에 말했다.

“창, 그녀가 완전한 내 것이 아니라는 걸 내가 처음으로 느꼈을 때, 내게 무슨 일이 있었는 줄 아니? 그 날 밤, 그녀가 처음으로 혼자 요트 무도회에 갔다가 마치 시든 장미처럼, 미처 흥분이 가시지 않은 피곤함으로 창백해져 내게서 멀어져 버린 만큼의 거리를 고스란히 지닌 채 아침 무렵에 돌아왔을 때였지. 그녀가 얼마나 나를 놀려 주었는지 넌 모를 거야. 그녀는 그저 단순한 놀라움으로 내게 물었지. ‘아직 안 자요? 가엾은 사람.’ 나는 그녀에게 말을 건넬 수조차 없었어. 그녀는 즉시 알아채고 말이 없었지. 그저 빠르게 나를 훑어보곤 입을 다물고 옷을 벗기 시작했어. 그 때 나는 그녀를 죽여 버리고 싶었지. 하지만 그녀는 딱딱하고 침착하게 말했어. ‘뒤쪽의 단추 좀 풀어 줄래요.’ 나는 고분고분 그녀에게 다가가 떨리는 손으로 호크와 단추를 풀기 시작했어. 벌어진 원피스 속의 그녀의 속살을 보았을 때, 그녀의 어깨

그리고 어깨로부터 흘러내려 코르셋 안으로 집어 넣어진 속
옷과 검은 머리에서 나는 향기를 맡았을 때, 그리고 코르셋
으로 들어 올려진 그녀의 젖가슴을 거울을 통해 봤을 때
……."

말을 맺지 못한 선장은 손을 내저었다.

선장은 옷을 벗고 누워 불을 껐다. 창도 책상 앞에 놓여 있
는 염소가죽으로 된 안락 의자에 몸을 편히 웅크리고는 눈을
감았다. 그 순간 배의 측면보다 더 높이 거대한 파도가 무시
무시한 소리를 내며 마치 선실 안으로 뛰어들 기세로 일어서
는 것이 언뜻 창의 눈에 비쳤다. 그것은 마치 옛날 이야기에
나오는 뱀처럼 에머랄드와 사파이어빛을 하고 있는 눈을 반
짝이고 있었다. 그러나 기선은 당당히 그 거대한 파도를 떨
쳐 버리고 홍해를 거슬러갔다…….

밤이 깊어 갈 무렵 선장은 갑자기 소리를 질렀고, 자기비
하의 안타까운 열정이 들어 있는 그 소리에 놀라 잠을 깼다.
잠시 침묵한 채 누워 있던 그는 깊은 숨을 내쉬고는 조소어
린 어조로 말했다.

"그래, 그래! 돼지 콧구멍 속의 금반지 격이지. 결혼 서
약은 하면 뭐하고, 결혼 반지는 또 무슨 소용이야. 여자란 멋
져! 성현의 말씀이 백 번 옳지. 여자들이란……."

그는 어둠 속에 담배를 찾아 피우기 시작했지만 두어 모금
빤 후 팔을 떨구었다. 그리고는 그렇게 담배를 손에 든 채 잠
들어 버렸다. 다시 조용해졌다. 단지 불빛들이 흔들렸고 성

난 파도들이 뱃전으로 몰아쳤다. 검은 먹구름 뒤로 남십자성이 모습을 드러냈다…….

갑자기 엄청난 소리가 창을 깨운다. 창은 놀라 벌떡 일어나 앉는다. 무슨 일이 일어난 것일까? 마치 3년 전의 항해에서처럼 또다시 술취한 선장의 과실로 기선이 물밑 암초에 부딪힌 것일까? 아니면 또다시 선장이 자신의 권총으로 매력적이고 슬픈 아내를 쏘아 죽인 것일까? 아니다. 주위는 밤도 바다도 엘리자베찐스까야 거리의 정오도 아니다. 매우 환한 소음과 연기로 가득 찬 레스토랑이다. 이건 술취한 선장이 탁자를 내리치며 화가에게 소리치는 것이다.

"엉터리야, 엉터리! 자네 여자는 바로 돼지 콧구멍 속에 들은 금반지야. 결혼 반지를 돼지 콧구멍 속에 처넣은 거라구! '제가 여러 빛깔의 이집트 옷감으로 짠 융단으로 제 침대를 장식해 놨어요. 저희 집에 들러 부드러움에 한번 취해 보세요. 집에 남편이 없거든요…….' 아——아 여자! 여자의 집은 죽음으로 이끌고, 여자의 삶의 길은 죽은 사람에게로 나 있어……. 자, 이제 그만 하지. 됐어, 친구. 문 닫을 시간이네, 그만 가세!"

잠시 후, 선장과 창 그리고 화가는 이미 눈보라가 몰아치는 어두운 거리에 있다. 선장은 화가와 악수하고, 그리고 그들은 서로 다른 방향으로 돌아선다. 비틀거리며 빠른 걸음으로 걸어가는 선장의 뒤를 창은 반쯤 졸리운 눈으로 몸을 반쯤 기울인 채 달려간다……. 다시 하루가 지났다. 꿈인가 아

창의 꿈

니면 현실인가? 그리고 다시 세상에는 어둠, 추위, 피로
…….

　이렇게 한결같이 창의 낮과 밤이 지나간다. 그런데 그렇게
도 갑자기, 어느 날 아침 세상은 마치 기선처럼 한번의 도약
으로 부주의한 눈에 의해 바다 밑 숨겨진 암초에 날아가 박
힌다. 어느 겨울 아침, 창은 방 안에 가득한 고요함에 놀란
다. 창은 벌떡 일어나 선장의 침대로 간다. 그리고 본다. 선
장의 뒤로 젖혀진 머리, 창백하게 굳은 얼굴, 반쯤 감겨 미동
도 없는 속눈썹을 하고 누워 있는 선장의 모습을 본다. 그리
고 이 속눈썹을 바라본 창은 달리는 자동차에 뒷다리를 치인
것 같은 절망적인 신음 소리를 내뱉는다…….

　그 후, 많은 사람들——청소부, 경찰, 실크 모자를 쓴 화
가, 그리고 선장과 함께 레스토랑에 앉아 있었던 모든 신사
들이 크게 이야기하며 들어오고, 나가고, 다시 들어올 때,
창은 마치 돌이 되는 것처럼 온몸이 굳어 옴을 느꼈다…….
오, 언젠가 선장은 얼마나 무시무시한 얘기를 했던가!

　'바로 그 날 집을 지키는 사람들이 떠나게 될 것이고, 창문
으로 내다보는 사람들은 괴로워하게 될 거야. 그들에겐 자신
이 서 있는 그 자리도 무서워질 게고, 거리는 온통 공포에 떨
겠지. 그건, 인간은 언젠가 반드시 자신의 영원한 집으로 떠
난다는 것을 모두가 알고 있다는 뜻이야. 그래서 장례식 때
돈 받고 울어 주는 사람이 자신을 동정할 것에 대비하게 될
테지. 왜냐하면 샘터에 항아리가 깨져 버렸고, 우물에서는

도르래가 망가져 버렸으니까 모든 건 끝나 버렸어…….'

그러나 지금 창은 어떠한 공포도 느끼지 않는다. 창은 세
상을 보지 않으려, 세상을 잊어버리려 눈을 꼭 감고 바닥에
누워 얼굴을 구석으로 돌린다. 그리고 세상은 더 깊고 깊게
심연 속으로 가라앉는 사람 위에 떠 있는 바다처럼 창 위에
서 낮고 먼 소리를 낸다.

창은 이제 성당의 문 근처, 성당으로 올라가는 입구에서
다시 정신을 차린다. 창은 그 곳에서 멍하니 고개를 숙이고
서 있다. 온몸이 가벼운 전율로 떨려 온다. 그 때 갑자기 성
당 문이 열린다. 그리고 성가를 부르는 장엄한 광경이 창의
눈앞에 펼쳐진다. 창의 눈으로 고딕식 화려한 방이, 붉은 불
빛이, 높이 올려진 참나무 관의 검은 마룻바닥이, 검은 군중
이, 아름다운 두 명의 상복을 입은 여자가 비쳐진다. 그리고
그 모든 것들을 배경으로 천사의 서글픈 기쁨을 낮게 노래하
는 합창 소리가 장중하게 울린다. 창은 이 광경 앞에 고통과
환희에 차 털을 곤두세운다. 그리고 이 순간 성당에서 나온
물기어린 붉은 눈을 한 화가가 놀라 멈춰 선다.

"창!"

그는 창에게 몸을 숙이며 불안스레 말한다.

"창, 무슨 일이니?"

그리고 떨리는 손으로 창의 머리에 손을 갖다 댄 그는 더
낮게 몸을 숙인다. 눈물로 가득 찬 그들의 눈은 사랑 속에 서
로서로를 바라본다. 그 순간 창은 마음속으로 외친다. '아니

야, 아니야! 세상에는 내가 알 수 없는 또 하나의 세 번째 진실이 있어!' 그 날 묘지에서 돌아오며 창은 자신의 세 번째 주인 집으로 향한다. 또다시 꼭대기 다락방. 하지만 따뜻하고, 담배 냄새가 풍기고, 양탄자가 깔려 있고, 낡은 가구들이 있고, 그리고 벽에는 커다란 그림들과 무늬 있는 비단들이 가득 걸려 있는……. 어두워진다. 벽난로는 달구어졌고, 우울하게 붉은 연기로 가득하다. 창의 새 주인은 안락 의자에 앉아 있다. 집으로 돌아온 그는 외투도 실크 모자도 벗지 않은 채로 안락 의자에 앉아 담배를 피우며 자기 화실의 어둠을 보고 있다. 창은 벽난로 근처 양탄자 위에 눈을 감고, 얼굴을 앞발 위에 얹은 채 누워 있다.

　지금 또 누군가가 누워 있다. 그 곳 어두워져 가는 도시에, 묘지 담장 뒤 분묘라 불리는 그 곳에. 하지만 이 누군가는 선장이 아니다. 만일 창이 선장을 사랑하고 느낀다면, 창은 성스러운, 누구도 이해할 수 없는 기억의 시선으로 그를 본다. 그것은 선장이 창과 함께 있음을 의미하는 것이다. 죽음이 도달할 수 없는, 이 시작도 없고 끝도 없는 세상에서. 이 세상에는 단지 하나만의 진실이 있어야 한다. 세 번째의 진실, 하지만 이 마지막 진실에 대해서는 창이 이제 곧 돌아가야 하는 마지막 주인만이 알고 있으리라.

역자후기

러시아 작가 중 최초의 노벨 문학상 수상 작가이며 시인, 산문 작가, 번역가, 출판인이기도 한 이반 알렉세예비치 부닌은 이미 오래 전부터 전세계에 명성이 자자했다. 그는 그의 작품 활동 전 기간에 걸쳐 한번도 어떠한 유파에 속한 적 없이 자신의 길만을 걸어왔다. 그리하여 그는 19세기 말과 20세기 러시아 문학사에 있어 창작의 탁월한 개인성을 보여 준다.

부닌은 시로 문단에 첫 발을 내디뎠다. 어린 시절부터 시골의 자연 속에서 러시아 구비 문학과 접하며 문학적 재능을 키워 온 그에게는 시가 어떤 문학적 장르보다 친근하게 느껴졌던 것이다. 그러나 정작 그에게 문학적 명성을 안겨다 준 것은 시가 아니라 바로 산문이었다. 하지만 우리는 그의 산문 속에서도 숨길 수 없는 그의 시적 재능을 본다. 그의 산문은 읽혀지는 것이 아니라 느껴지는 것이라고 말해진다. 그리고 혹자들은 그의 산문에서는 향기가 난다고도 한다. 그만큼 그의 산문 속에는 많은 시적 묘사와 함축적 표현들이 등장한다. 때로는 뚜렷한 사건이나 줄거리 없이 감정과 느낌의 묘사로만 꽉 찬 작품을 만나기도 한다. 따라서 그의 어떤 작품들은 외국인들에게 있어 이해하기가 어렵고 번역하기란 더더욱 힘들다.

부닌은 그의 작품들 중 「깨끗한 월요일」을 가장 좋아했다고 한다. 그는 지기에게 보낸 한 편지 속에서 '내게 「깨끗한 월요일」을 쓸 수 있도록 해 준 신께 감사한다.'라고 썼다. 하지만 이 작품은 러시아 독자들조차도 여러 주해를 달아 주어야 읽을 수 있을 만큼 종교적이고 전통적인 표현들이 많이 등장한다. 그만큼 부닌은 그의 작품 속에서 러시아적인 것, 러시아의 자연과 종교, 전통들에 대해 쓰기를 즐겨했다.

또 하나 부닌 산문의 주요한 테마는 사랑과 죽음이다. 이 책에 소개된 많은 작품들 속에서도 사랑은 죽음과 삶이라는 문제와 연관되어 있다. 이렇듯 부닌은 그의 창작 생활 전 기간에 걸쳐 삶의 의미와 사랑 그리고 죽음에 대해 끝없는 질문을 던지며 그 질문을 작품 속에서 해결하려 애썼다.

그의 작품들은 사랑의 백과 사전이라 불릴 만큼 사랑을 여러 각도에서 조명하고 있다. 그리고 이러한 다양한 측면에서의 사랑은 그의 섬세하고 시적인 터치, 독자의 머리에 오랜 시간 여운을 남기는 심오한 주제성으로 부각되고, 부드러운 문체로 인해 더욱 진가를 발휘한다. 그러나 부닌의 이러한 진가는 번역자의 입장에서 볼 때 그리 반가운 것이 아니다. 하나의 단어를 통해 그가 전달하고자 하는 무수한 의미들, 부닌 특유의 섬세한 묘사, 옮겨 놓으면 망가져 버릴 듯한 그의 문체, 번역 작업을 하면서 무력함을 느꼈던 적이 한두 번이 아님을 고백한다. 하지만 부닌의 작품을 국내 독자들에게 소개할 수 있게 되었다는 것에 기쁨을 느끼며 독자들이 조금이나마 부닌이 고민했던 사랑과 삶이라는 문제에 접근하고, 부닌 특유의 문학 세계를 맛볼 수 있게 되기를 바란다.

내가 사랑하는 두 명의 처녀와 한 명의 청년이 있다. 귀영, 소영, 탁기, 그들이 진정 아름다운 사랑을 만나게 되길 바라며, 끝으로 어려웠던 작품 선정과 번역 작업을 여러모로 도와 주신 뿌쉬긴 대학 문학부 선생님들께 진심으로 감사를 표한다.

96. 1 모스크바에서 류필하

이반 알렉세예비치 부닌 연보

1870   보로네쥐 시 오랜 전통을 가진 귀족 가문에서 출생. 대부
       분의 어린 시절을 시골의 자연 속에서 보냄. 7, 8 세에 시
       를 쓰기 시작. 어린 시절부터 예술적 재능을 보임.

1881   김나지움 입학.

1886   4학년에 퇴학. 시골에서 지내며 문학 수업에 몰두.

1887   뻬쩨르부르그 신문 『조국』에 처음으로 시 발표.

1889   도시 아룔에 살며 『아룔 신문』이라는 신문사에서 발행인
       으로 활동.

1891   첫 번째 시집 「시 1887-1891」 출판.

1895   뻬쩨르부르그, 모스크바 등에서 많은 작가들과 접촉, 체호
       프와 만남. 부닌은 체호프에 대해 다음과 같이 회상했다.
       "내겐 체호프처럼 그런 관계를 맺은 작가는 단 한 명도 없
       었다. 그 오랜 시간 동안 우리는 한 번도 얼굴을 붉힌 적이
       없으며 그는 변함없이 내게 상냥했고, 항상 형처럼 나를
       돌봐 주었다."

1895   최초의 산문 「세상 끝으로」 발표. 비평가들의 호평을 받
       음.
       1890년대 후반부터 '수요일'이라는 문학서클의 주요 멤버
       가 됨. 주요 회원으로는 고리끼, 꾸쁘린 등이 있었으며,
       체호프도 가끔 모임에 참석. 자신들의 작품에 대한 의견을
       교환. 당시 러시아 문학에 대한 열띤 논쟁을 벌임.

1900　중편 「안또노프의 사과」 발표. 1900년대 초반부터 고리끼가 이끌던 출판사 '지식'에서 활동. 이 출판사에서 첫 전집 출판.

1905　혁명에 반대.

1909　중편 「시골」로 명성을 얻음.

1911　「마른 골짜기」 발표.

1915　「봄날 밤」 발표.

1916　「샌프란시스코에서 온 사나이」 발표.

1917　망명. 망명 시절에는 주로 산문 작가로 활동. 외국에서 생활하면서 러시아의 자연과 러시아의 귀족, 전통들에 대한 산문 작품들을 집필.「창의 꿈」(1919),「미짜의 사랑」(1925),「일사병」(1926),「파리에서」(1943),「차가운 가을」(1945) 등을 집필.

1933　러시아 작가 중 최초로 노벨 문학상 수상.
　　　부닌의 마지막 작품인 체호프에 대한 회고록「체호프에 대하여」집필. 체호프에 대한 많은 자료를 수집하여 책을 준비했으나 미완성으로 끝남.

1953　빠리에서 생을 마감.

1955　「체호프에 대하여」뉴욕에서 출판.

역자 류필하
고려대 노어문학과 졸업
현재 모스크바 뿌쉬킨 대학에서 박사 학위 과정 중

BESTSELLERWORLDBOOK 53

사랑의 문법

지은이   이반 부닌
옮긴이   류필하
펴낸이   이태권

인쇄일   1996년 12월 5일
발행일   1996년 12월 12일

펴낸곳 | 소담출판사
　　　서울시 성북구 성북동 178-2 (우)136-020
　　　전화 | 745-8566~7 팩스 | 747-3238
　　　e-mail | sodam@dreamsodam.co.kr
　　　등록번호 | 제2-42호 (1979년 11월 14일)

＊ 파본 및 잘못된 책은 바꾸어 드립니다.

The Selected works of Ivan Bunin
ISBN 89-7381-207-6, 00890